Jens Forwick

Level 50

Die Kalandaha Chroniken

Eine Novelle

Magic Dome Books

Level 50: Novelle
Die Kalandaha Chroniken Buch 6.5
Copyright © Jens Forwick, 2024
Covergestaltung © Vladimir Manyukhin 2024
Lektor: Youndercover Autorenservice
Erschienen 2024 bei Magic Dome Books
Alle Rechte vorbehalten
ISBN: 978-80-7693-393-4

Die Personen und Handlung dieses Buches
sind frei erfunden.

Jede Übereinstimmung mit realen
Personen oder Vorkommnissen wäre
zufällig

Die Kalandaha Chroniken

LitRPG-Serie
von Jens Forwick:

Ratslayer
Questmaster
Raidleader
Explorer
Founder
Builder
Level 50: Novelle
Dealbreaker
Warmonger

Inhaltsverzeichnis:

Alte Versprechen

ZÖGERLICH BERÜHRTE der Frühling Bregant. Er tauchte unsere Möchtegernfestung in eine blassgrüne Farbe, zumal unser Vorland aus einer großen Wiese bestand und auch die Steine weitgehend überwuchert waren. Unsere Wohnburg bildete die einzige Ausnahme, sodass ich ein wenig den Eindruck einer halb versunkenen Stadt bekam, wenn ich meinen Blick schweifen ließ.

Die ersten zarten Blümchen zeigten sich im Grün, einige Vögel waren bereits wieder eingezogen — wenn nicht nach wie vor Hunderte von Orks samt Anhang vor der Haustür rumhängen würden, hätte ich mich heimelig gefühlt. Aber auch so sah es schon gut aus. Jedenfalls wenn ich mich, so wie jetzt gerade, auf dem Drachenbalkon befand und in die Tiefe blickte.

Ganz schön coole Nummer, die wir hier durchziehen.

Unter mir fand gerade ein Liga-Spiel der Orkball-Meisterschaften statt. Ich applaudierte unserem Rolli — dem Ball — der gerade einen dicken Ork ins Tor gestoßen hatte und damit in Führung gegangen war.

Die Jungs und Mädels von Rottels Rudel hatten drei Teams aufgestellt, als sie gesehen hatten, dass wir ernsthaft Ork-Ball spielten. Sie kamen jedoch noch nicht so gut mit unserem Spezialball zurecht, sodass Rolli derzeitig die Position des Torschützenkönigs hielt. Dicht gefolgt von den Bregant-Moschas allerdings.

Dumpf — deren Teamchef — ließ sich ungern die Butter vom Brot nehmen. Das sah ich auch gerade wieder, denn er stürzte sich sofort mit drei weiteren ,Spielern' auf Rolli, bekam ihn zu fassen und warf ihn in Richtung des Tors gegenüber. Dort wartete Norbert. Der Minotaure ging kurz in die Knie, nahm den Ball dann auf die Hörner und lochte ihn ein. Ausgleich.

Schade. Rolli ist mit Abstand der Geilste. Das Spiel als solches haben die Moschas aber haushoch gewonnen — die sind einfach gut.

Die Kollegen von Rottels Rudel hatten auch angekündigt, dass noch weitere Orkball-Teams eintreffen würden. Auswärtsspiele hätten sie lange nicht mehr gehabt, hatte Hokk gemeint — das würde ein wahres Fest werden. Ich hatte nur mit den Schultern gezuckt und gelächelt. Wenn ich den Laden, den ich als meine Gildenfestung betrachtete, schon in ein paar Wochen voller Orks hätte, dann sollten die gern mit uns Orkball spielen. So kämen sie nicht auf die Idee, gegen uns kämpfen zu wollen.

Brot und Spiele. Die Nummer läuft immer.

Zufrieden betrachtete ich unsere ‚Snack-Meile‘ — ein Ausläufer unserer Küche –, die sich seitlich neben dem Spielfeld erstreckte und für das Brot bei den Spielen sorgte. Natürlich gegen einen kleinen Obulus, doch die Orks aus Knetsch waren in der Regel ziemlich wohlhabend. Ein wenig Silber auszugeben pisste sie nicht an. Im Gegenteil — es hagelte Trinkgeld.

Gerechtfertigt. Unsere Küche ist ziemlich gut.

Gerade wollte ich mich wieder umdrehen, um mit Zortis — unserem Kleindrachenhandelsmeister — eine weitere Diskussionsrunde über den einzigartigen Umhang der Scheinheiligkeit einzulegen, den der Raid letzte Woche angeschleppt hatte. Ein Verkauf dieses fetten Artefaktes würde uns finanziell endgültig in Porternähe katapultieren, doch der Drache sperrte sich.

„Einzigartige Dinge verkauft man nicht, Boss", hatte er gesagt. Solche Gegenstände müssten gehortet werden, da ginge kein Weg dran vorbei.

Zortis hatte versucht, mich mit Schuppenfäule, die ihn bei einem Verkauf eines solchen Stückes befallen würde, herumzukriegen, doch mich poste dieser Drache nicht an die Wand! Jedenfalls tat er das nur sehr selten, und ob nun einzigartig oder nicht — mit einem Umhang der Scheinheiligkeit konnte wirklich niemand etwas anfangen. Das Ding würde also im Hort versauern. Ich war mir sicher, dass genau DAS Zortis' Absicht war.

Damit will der sich beim Schlafen die Füße zudecken. Jede Wette.

Dementsprechend wappnete ich mich für die Drachendiskussionsrunde Nummer drei — das war nichts gegen Zwergendiskussionen! — und trat einen Schritt auf die Balkontür zu. Da erschien Kiran in besagtem Eingang.

„Moin, Rok", grüßte er. „Hast du 'ne Minute?" Der Champion war in seiner vollen, neuen, zwergischen Level 50 Rüstung unterwegs, und die bläulichen Schuppen schimmerten in der Morgensonne. Der Brander hing an seiner Seite, das Heldenschild über seinem Rücken.

Heut' liegt doch gar kein Raid an, oder?

„Darf nicht zu lange dauern", antwortete ich. „Sonst denkt Zortis sich 'ne neue Seuche aus, die ihn befällt, wenn er einzigartige Dinge verkaufen muss. Aber ja, lass hören." Ich begab mich wieder zur Brüstung, und Kiran folgte mir.

Auch er ließ seinen Blick über unsere Anlage schweifen. „Ganz schön cool. Wir kommen zu was." Unsere Burg war endlich fertig und sah ausgezeichnet aus — die Zwerge erledigten nur noch einige Nacharbeiten. Sobald wir den Porter hätten, würden sie abrücken.

„Das hab' ich eben auch gedacht. Aber deswegen bist du nicht hier, richtig?"

„Korrekt. Ich bin heute Level 50 geworden."

„Glückwunsch. Lass uns abends einen

zusammen trinken." Ich klopfte ihm auf die Schulter.

„Danke. Können wir machen, ist aber nicht der Grund meines Besuches hier oben."

„Okay?" Was wollte er? Mit nun verschränkten Armen musterte ich den Champion.

„Hör' auf zu posen", kam sofort zurück. „Du weißt genau, was jetzt anliegt." Kiran sah mich erwartungsvoll an.

„Ähm, nö? Ich dachte saufen?"

Er lachte. „Du denkst immer ans Saufen. Inspizier mich bitte mal."

Ich tat ihm den Gefallen.

Kiran der Unglaubliche. Erwählter Krieger. Level 50. Gesegnet. Kalandaha. Stellvertretender Gildenvorsteher. Questmeister.

„Wo ist dein Champion hin?" Der ‚Erwählte Krieger' war neu und ungewöhnlich. Die ‚erwählt'-Klassen kannte ich nur aus den spirituellen Charbäumen.

„Ich bin Level 50. Ich habe eine neue Charakterklasse genommen. Klingelt irgendwas bei dir?" Sein Blick war fast fordernd.

Ich konnte ihm aber leider nicht helfen. „Nö."

„Du ignoranter Penner. Hier zur Erinnerung:"

Kiran der Unglaubliche möchte dich einladen, ihn auf einer Quest zu begleiten!
QUESTALARM! Worguns Turnier!
Questtyp: Göttlich!

Questart: Wettkampf!
Questschwierigkeit: Abartig!
Kiran hat sich vor Monaten einen perfekten Kampf geliefert und damit die Aufmerksamkeit des Gottes des Krieges erregt. Dieser Gott glaubt doch tatsächlich, dass sich dein Kumpel zum Wahren Krieger eignet. Bei den Göttern gibt es jedoch nichts geschenkt, also muss er sich seinen Weg dorthin erkämpfen! Du sollst ihm sekundieren!

Bonus für erfolgreiche Quest: Erfahrung. Variabel. Die legendäre Charakterklasse „Wahrer Krieger" für Kiran.

Strafe für nicht erfolgreiche Quest: Variabel.

Strafe für Nichtannahme: Dies ist eine Begleitungseinladung, die du straffrei ablehnen kannst. Kiran wird diese Quest dann jedoch allein bestreiten. Das wird ihn mit ziemlicher Sicherheit das Leben kosten.

Erschwerung: Nur eine Person darf ihn begleiten.

Zeitrahmen: Hier und Jetzt.

Nimmst Du an?

JA / NEIN

Ach, fuck. Das ist dieses ‚Bring mich auf Level 50, Rok' Ding, das der schon seit... diesem perfekten Orkkampf damals hat.

„Shit. Diese Erwählte-Krieger-Klasse ist die Teilnahmevoraussetzung für den Mist?"

„Jep. Annehmen bitte."

„Ähm... Wir haben 'ne Menge zu tun, das ist dir

klar?"

Scheiße, scheiße, scheiße. Und jetzt kommt...

„Du hast es versprochen, Rok."

Genau. SCHEISSE!

„Das dauert ewig, Mann. Können wir nicht wenigstens warten, bis wir die Minos sauber eingetütet haben?"

„Darum kümmern sich Norbert und Alcanara. Ich habe auch schon mit Kondra gesprochen — sie sieht kein Problem. Die Arenakämpfe sollen laut der Hauptquest innerhalb von zehn Tagen beendet sein. Solange haben wir frei."

„Du hast vorgesorgt." Ich seufzte. Offensichtlich hatte ich keine Chance. „Wie stellst du dir das jetzt vor?"

„Du nimmst an, machst dich fertig, gibst Josi 'n Küsschen und ab geht's."

„So einfach?"

„Jep. Wir porten von hier aus direkt in die Arena der Götter. Worgun richtet einen solchen Kampf jedes Frühjahr aus. Der Gott des Krieges begrüßt damit das neue Jahr, so steht es jedenfalls in der Questbeschreibung. Sobald man Level 50 ist — und auch nur auf diesem Level –, kann man daran teilnehmen, wenn man die Charakterklasse ‚Erwählter Krieger' auswählen darf, und zwei weitere Wahlen frei hat. Darauf habe ich gespart, Rok. Jedes Jahr geht nur ein ‚Wahrer Krieger' als Sieger aus diesem Turnier hervor. Dieses Jahr beabsichtige ich, dieser Krieger zu sein."

„Und wenn du's nicht packst? Dann bist du tot, oder was?" Das gefiel mir überhaupt nicht.

„Kann sein. Nicht schaffen ist aber keine Option. Ich will nach wie vor der beste Kämpfer der Welt werden, Rok. Die Nummer ist ein großer Schritt in diese Richtung."

„Du bist total durchgeknallt."

„Und das sagst du, oder was?" Er grinste mich an.

Ich musste unwillkürlich zurückgrinsen. „Okay, Punkt für dich. Aber denkst du, dass ich bei so ‚ner Ehrensache des Gottes des Krieges der richtige Sekundant für dich bin? Was ist mit Brittain oder Harvent? Oder mit Navarré?"

Nun grinste Kiran noch breiter. „Auf jeden Fall. Das hier ist ein Spiel, Rok. Ich plane, gegen die vermutlich besten Level 50-Kämpfer der Welt anzutreten. Da brauche ich jemanden, der mich notfalls hardcore durchcheatet."

Okay. DAS ist ein Argument.

„Alles klar. Ich bin dein Mann." Wir gaben uns die Hände.

Quest akzeptiert. Questlog aktualisiert. Karte aktualisiert.

Nachdem ich schnell nach unten gelaufen war und mein Inventar mit Nützlichem und Notwendigem vollgepackt hatte, gab ich Josi einen Abschiedskuss und lief wieder zum Drachenbalkon. Ich wollte dem weißen Achtmeter-Drachen schon „Glück gehabt, Kleiner", zurufen, da fiel mir etwas ein. Den Inventarplatz hatte ich noch frei. Ich bremste.

„Umhang her, Zortis."

Der Drache schaute total schockiert aus der Wäsche. Das war noch nicht mal gepost, wie ich meinte. *„Das ist ein einzigartiges Artefakt, Boss! Das kann ich dir ohne Schutzhülle nicht einfach so mitgeben. Außerdem muss das gesichert werden. Gehortet quasi, du verstehst."*

„Umhang her, Zortis. Ich treff' gleich 'nen Gott, da brauch ich was Gutes zum Anziehen."

„Ernsthaft?" Nun war der Drache baff.

„Ernsthaft. Sieht jedenfalls fast so aus. Also, hopp, hopp." Ich streckte fordernd die Hand aus.

Es gab nicht viel, mit dem man Zortis beeindrucken konnte, wenn es darum ging, Kram herauszurücken. Ein Treffen mit einem Gott gehörte jedoch offensichtlich dazu. Zögerlich reichte er mir den Umhang der Scheinheiligkeit. *„Aber nicht kaputtmachen!"*

„Ich gebe mir Mühe. Sieh' zu, dass unser Hort wächst, Zortis. Wir brauchen einen Porter."

„Das wird schon. Ich hab' mit Hokk eine ‚Entenabwehr-Steuer' vereinbart. Wenn die Orks noch ein paar Wochen lang raiden, läuft das von selbst."

„Sehr schön. Bis später." Ich inventete den Umhang, winkte dem Drachen noch einmal zu und begab mich auf den Balkon, auf dem der Champion — ähm, der Erwählte Krieger — auf mich wartete.

Termindruck

ACHTUNG! Worguns Turnier in der Arena der Götter wurde dieses Jahr leider abgesagt, da sich die Wolken des Krieges über der Welt zusammenziehen, und der Gott beschäftigt ist. Wir entschuldigen uns bei allen Teilnehmern und wünschen eine angenehme Heimreise!

Bitte?

Diesen Prompt erhielt ich, nachdem ich mich neben Kiran gestellt und ihm bedeutet hatte, dass ich fertig wäre. Er hatte daraufhin die Quest geöffnet und die Teleportation aktiviert, doch bis auf das bekannte ‚Puff' und das Verschwinden des Balkons — samt Bregants — war nichts passiert. Wir hingen in der lauen Luft, und um uns herum befand sich nur Weiß. Wohin das Auge auch blickte — alles war kackweiß und es gab null Orientierungspunkte. Wir hatten auch keinen

Boden unter den Füßen, aber wir fielen nicht.

„What the Fuck? Hast du den gleichen Prompt wie ich?" Kiran drehte sich zu mir, was offensichtlich auch ohne Boden unproblematisch funktionierte.

„Turnier fällt aus, kommt gut nach Haus'? Jep."

„Fuck. Sagte ich schon, oder?"

„Noch mal jep. Ich glaube aber auch, dass wir ein ganz anderes Problem haben, oder?" Ich deutete auf die nicht-vorhandene Umgebung.

„Könnte sein." Nachdem Kiran seinem ersten Ärger Luft gemacht hatte, sah er sich kritisch um. „Da ist irgendwie nichts."

„Ach, wirklich. Stehen geht aber." Ich zeigte nach unten.

„Ich vermute, wir hängen eher."

„Fühlt sich an wie stehen. Aber weißt du zufällig, warum das so ist, Mr. Oberschlau?"

„Keine Ahnung. Ich will ein Turnier kämpfen und nicht im weißen Nichts rumhängen." Kiran stocherte mit seinem Zeigfinger in der Gegend herum. Erfolglos.

Ich ging in die Knie und versuchte, den Boden zu berühren. Ebenfalls ohne Erfolg — ich konnte einfach an meinen Füßen vorbeigreifen. Ich konnte sogar die Sohlen meiner Kettenstiefel von unten berühren, wenn ich die Hand anwinkelte. „Shit. Hier ist wirklich gar nichts. Hängen wir im Ladebildschirm, oder was?"

„Dieses Spiel hat keine Ladebildschirme."

„Bisher nicht. Aber hast du 'ne andere Erklärung für die Nummer hier?" Meine linke

Hand schlich sich unter seine Stiefel und klopfte von unten an.

„Blödmann. Nein, habe ich nicht. Was machen wir jetzt?"

„Wie wär's mit Warten? Wenn es ein Ladebildschirm ist, dann muss es ja irgendwann weitergehen." Ich erhob mich wieder.

„Oder aber die Instanz ist abgestürzt. Hast du Bier dabei?"

„Sicher." Ich füllte zwei Humpen ab und wir tranken erst mal einen Schluck. Dann nutzte ich die seltene Gelegenheit, mit Kiran über das Spiel zu sprechen. Er hatte meine Hirntheorie durchaus akzeptiert — also die Hypothese, dass alle Leute aus unserer Realität, die an diesem Spiel teilnahmen, geistig vernetzt waren, und es auf dem Krankenhausserver der Bodelschwingschen Anstalten zu Bethel spielten. Er war nach dem Erlebnis mit Nirendil sogar meiner Meinung, es war ihm im Normalfall allerdings scheißegal. Er wollte nicht großartig darüber reden.

„Vielleicht ist auch der Server abgeschmiert", mutmaßte ich nach einem halben Humpen. „Klimakleber im Computerzentrum von Bethel, weil das so viel Strom frisst oder so."

„Schwachsinn. Kritische Infrastruktur. Da kommen die nicht rein. Aber 'n Serverdown könnte schon sein."

Ich sah an mir herunter. „Dagegen spricht, dass wir noch unsere Klamotten tragen. Wobei das auch das Backup sein kann."

„Was es auch ist, es ist nicht normal. Setz' mir

deine Hirn-Theorie mal genau auseinander. Ich behandle das hier jetzt einfach als Quest. Dumm in der Gegend rumstehen und Biertrinken bringt uns nicht weiter.“

„Okay. Willst du trotzdem noch eins?“ Er hatte seinen Humpen geleert.

„Ja.“

Ich bediente ihn, und auch mich, erneut. Dann holte ich tief Luft. „Also: Bethel, Intensivstation. Dort liegen alle Typen aus der Realität — inklusive uns — die in diesem Spiel sind, im Koma. Da gibt es mit Sicherheit irgendeine neurale Überwachung und die vernetzt die Hirne. Dann spielen die Hirne zusammen das Spiel — oder erschaffen es sogar, können es auf jeden Fall beeinflussen — und allen geht es mehr oder weniger gut. Das könnte eine Art Therapieform sein. Ziemlich abgedreht, sicherlich, aber warum nicht?“

„Vielleicht ist es auch nur Beschäftigungstherapie. Oder es ist anderweitig zustande gekommen. Das Spiel ist zu ausgereift für Code, denke ich. Ich bin allerdings kein Coder — es könnte tatsächlich Hirntherapie der neuesten Generation sein. Aber wie erklärst du dir dann Balduins Tod in der Realität, aber nicht hier? Und was ist das mit dem Englisch und teilweise Französisch in Prompts und Tags?“ Er trank einen Schluck Bier.

„Balduins Realtod spricht gegen die Therapie, das stimmt. Oder aber, sie ist bei ihm fehlgeschlagen. Keine Ahnung. Für die Sprachen hab‘ ich aber ‘ne Idee.“

„Lass hören.“

Auch ich befeuchtete meine Kehle. „Der Großteil des Spiels ist auf Deutsch, richtig?“

„Jep. Du kannst einzelne Begriffe verenglischen, aber das restliche Englisch, das dann und wann auftaucht, kann nicht von dir kommen.“

„Richtig. Ich glaube, dass ein oder zwei Engländer mit uns auf der Station liegen. Balduin war einer davon. Und dann haben wir vielleicht noch eine Französin oder so.“

„Das spricht für: Die Hirne konstituieren das Spiel. Könnte sein.“

„Oder aber, sie können nur es beeinflussen. Das hab‘ ich noch nicht raus.“ Ich zuckte die Schultern.

Kiran hingegen sah sich um. „Vielleicht hilft uns das trotzdem. Lass uns mal fest an zu Hause denken. Also an Bregant.“

„Okay. Eins, Zwei, Drei.“ Ich schloss die Augen und stellte mir unsere Festung vor. Hexe in meiner Kapuze schickte mir dazu noch ein schönes Bild unseres Gildenhauses, sodass ich alles gut visualisieren konnte. Es geschah nichts. Ich blinzelte. Um uns herum war es immer noch weiß.

Auch Kiran öffnete wieder die Augen. „Satz mit X.“ Er seufzte.

„Jep. Mehr Ideen?“ Ich sah mich einmal erneut um und aktivierte dabei all meine Wahrnehmungsfähigkeiten. Es war nach wie vor alles Weiß, und ich persönlich fühlte mich gerade ziemlich ideenfrei.

„Reset?“

„Scherzkeks. Dann könnten wir weg sein. Außerdem: Wie sollen wir das machen?"

„Gute Frage. Und stimmt." Kiran zog seinen Brander und versuchte, das Weiß zu schneiden. Erfolglos. „Geht auch nicht." Er steckte das Schwert wieder weg.

„Lass uns mal nachdenken und rekapitulieren", schlug ich vor, während ich eine neue Runde Bier ausgab. „Wir sollten zu Worguns Turnier in der Arena der Götter porten. Korrekt?"

„Korrekt." Er nahm sein Bier.

„Die Nummer fällt aus, also geht keine Instanz auf und wir kleben sozusagen vor der Tür. Richtig?"

„Sieht so aus. Aber warum sind wir nicht automatisch zurück geportet? Das scheint bei allen anderen potenziellen Turnierteilnehmern passiert zu sein — hier ist ja sonst keiner. Ich werde kaum der einzige geladene Gast sein."

„Wir sind zu zweit. Aber du hast recht. Was unterscheidet uns von den anderen?... Ach, Scheiße." Der kleine, aber feine Unterschied war nicht schwer auszumachen.

„Das habe ich auch gerade gedacht. Es ist ziemlich wahrscheinlich, dass ich der einzige Turnier-Teilnehmer von drüben bin. Du bist auch von drüben — hups, kein Rückteleport für uns. Wir sind Fremdkörper. Das System erfasst uns bei diesem automatischen Prozess nicht."

„Möglich. Oder aber, die Promptschreiber-penner wollen uns verarschen. Schönen Heimweg und so."

„Glaub´ ich nicht. Der Prompt sah standardisiert aus."

„Stimmt. Aber was machen wir jetzt?"

„Hast du Farbe dabei? Dann könnten wir das Weiß anpinseln." Er sah wirklich so aus, als ob er das ernst meinte.

„Damit kommen wir auch nicht hier raus. Und nein, habe ich nicht." Ich sinnierte.

Instanz, die nicht aufgeht. Kein Rückport. Die Arena der Götter wird aber 'ne Konstante sein...

„Wir hängen vermutlich wirklich direkt vor der Tür", gab ich nach diesem Gedankengang von mir. „Wir haben nur keine Eintrittskarte."

„Könnte sein. Was bringt uns das?"

„Eine nicht sichtbare — und eventuell gar nicht vorhandene, aber hypothetisch wahrscheinliche — Tür zur Arena der Götter. Direkt DA." Ich deutete auf eine Stelle im Weiß, die sich gleich vor uns befand.

Kiran streckte zweifelnd die Hand dorthin aus und wedelte ein bisschen herum. „Fühlbar ist deine hypothetische Tür auch nicht. Scheint mehr Hypothese als Tür zu sein."

„Die muss da sein. Denk´ an ein Computerspiel, in dem du die Zugangsvorrausetzungen für eine Instanz nicht hast. Du bleibst an einer unsichtbaren Wand hängen, wenn du trotzdem rein willst. Du siehst oftmals nicht mal den Eingangsbereich. Wenn du Zugang hättest, wäre es aber nur ein Schritt vorwärts und schwupps — du wärst drin. So ist das hier bestimmt auch." Ich fixierte die Stelle, die ich eben angezeigt hatte, mit meinem Blick.

„Dünn", meinte mein Kumpel.

„Dünn ist besser als Weiß, oder?"

„Punkt für dich. Wir nehmen jetzt also an, dass diese Stelle im Weiß, die du gerade anstarrst, eine Tür zur Arena der Götter ist, richtig? Meinst du, dass anstarren sie erscheinen lässt?" Er starrte nun ebenfalls.

„Vielleicht ist es auch keine Tür, sondern so eine Art Schleier, durch den wir uns hindurchstarren müssen." Ich starrte härter. Es vergingen einige Minuten.

„Wenn uns die anderen so sehen könnten, würden sie uns auslachen", sagte Kiran schließlich. „Außerdem bekomme ich trockene Augen. Da passiert gar nichts."

„Starr weiter!" Unauffällig zog ich hinter dem Rücken mein Messer. Das hatte das Weiß bestimmt nicht gesehen.

„Und jetzt noch einmal mit Schmackes!" Ich riss die Augen auf, starrte was ich konnte — Kiran ebenso — und ließ meine linke Hand vorzucken. Der ‚Stichler' — meine einzige Messertechnik — traf genau den Punkt, den wir so eifrig anstarrten, und meine außerweltliche Klinge drang bis zum Heft in das Weiß ein.

„Reiß' sie runter!" keuchte Kiran, als er die Messerklinge verschwinden sah. Ich riss am Griff. Die Klinge schnitt das Weiß wie Butter und es entstand eine meterlange Spalte. Genau vor, und auch unter uns. Prompt fielen wir hindurch.

„FUUUUCK!!"

Partycrasher

GLÜCKLICHERWEISE FIELEN wir nicht tief. Bereits nach vier Metern abwärts erwartete uns eine Sandfläche, sodass wir wenigstens nicht allzu hart aufkommen würden. Ich konnte mich soeben noch abrollen, Kiran leider nicht, sodass er platt auf dem Bauch landete.

„Aua." Er spuckte Sand aus. Ich warf ihm einen mitleidigen Blick zu, richtete mich auf und sah mich um. Dabei verpasste ich meinem Kumpel eine kleine Erleichterung.

Das ist total versifft hier. Und es liegen Leute in der Gegend rum.

Wir befanden uns in der Mitte einer riesigen Area. Die Zuschauerränge waren für bestimmt 50.000 Leute ausgelegt, das Ambiente erinnerte an das Kolosseum in Rom. Nur, dass diese Arena nicht halb verfallen war. Sie hätte sogar sehr prachtvoll ausgesehen, mit all ihrem weißen

Marmor, den hohen Rängen, den feinen Verzierungen überall und den stilisierten Bögen, die das Kampffeld überspannten. Sie hatte allerdings keinen Ausgang und der Gesamteindruck wurde ein wenig getrübt.

Das müssen Tausende gewesen sein... Megaparty.

Überall waren die Restspuren einer vergangenen, offensichtlich gigantischen Feierlichkeit zu sehen. Hunderte und Aberhunderte von Flaschen und Gläsern lagen in der Gegend herum — leer, halbvoll, oder auch in den Händen einer Schnapsleiche. Dazu war der weiße Marmor der Arenawände mit Schmierereien vollgeschrieben, es lag großzügig Müll verteilt und die Loge dieser Arena war eine gigantische Bar. Sie sah nicht sauberer aus als die restliche Umgebung, doch dort oben im Regal waren die Flaschen noch voll — das meinte ich erkennen zu können.

Leute waren dort jedoch nicht zu sehen, zumal es auch eine Brüstung gab. Die Schnapsleichen, die zu gut zwei Dutzend in der Arena verteilt lagen, befanden sich auf den Rängen oder hier unten bei uns, im Riesen-Sandkasten. Ich inspizierte mal ein paar.

Schnapsleiche. Hat sich totgesoffen. Kein Level oder Leben mehr.

Davon gab es drei in unserer näheren Umgebung. Dann hatten wir noch:

Drogentote. Starb an doppelter Überdosis. Kein Level oder Leben mehr.

Auch von denen gab es ein paar. Bei zwei von ihnen war die Überdosis allerdings nur eine einfache gewesen. Ich inspizierte weiter, während Kiran aufstand und seine Klamotten richtete.

„Alles voller Sand, was ein Scheiß." Er klopfte auf seiner Rüstung herum. „Außerdem kein Ausgang zu sehen. Ist der Typ da vorne tot?"

„Jep. Totgesoffen, laut Tag."

Opfer sexueller Handlungen. Das Herz machte einfach nicht mit. Kein Level oder Leben mehr.

Puh. Was ist das hier?
Ich fand vier von ihnen und auch noch einen:

Totgetanzter. Wusste nicht, wann er aufhören musste. Kein Level oder Leben mehr.

Während er Sand aus seinen Stiefeln kippte, inspizierte auch Kiran. „Wow, krass, die sind alle tot. Warum liegen die dann hier? Tote verschwinden doch eigentlich recht schnell."

„Vielleicht ist's noch nicht so lange her."

Totgezockte. Starb am Schock, als sie gewonnen hatte. Kein Level oder Leben mehr.

„Glaube ich nicht. So wie das hier raussieht, ist

die Party seit Stunden vorbei."

Da hatte er recht. Vom allgemeinen Feeling her wäre es jetzt die Zeit, um aufzuräumen und zu putzen, bevor die Freundin vom Wochenendtrip nach Hause käme. Wobei die Leichen etwas schwer zu erklären wären.

„Lass mal einen von denen checken." Ich bewegte mich zum ersten Toten, während Kiran mir hüpfend folgte.

„Hey! Warte, bis ich meinen Stiefel wieder anhabe!"

Ich grinste, ohne dass er es sehen konnte. Bei der Leiche angekommen inspizierte ich erneut, doch der Tag hatte sich nicht verändert. Es war und blieb eine Schnapsleiche. Ich drehte sie um, denn sie lag auf dem Bauch. Die klassische Alkoholikerfresse mit geplatzten Äderchen um die Nase und wässrigen Augen starrte mir entgegen, sonst passierte nichts.

„Der hier scheint sein natürliches Schicksal gefunden zu haben", kommentierte ich.

Kiran nickte. „Die Drogentote da vorne sieht nicht besser aus. Knallharter Junkie, würde ich sagen. Wobei der Typ da hinten eher wirkt, als wäre er ein reicher Händler gewesen. Was läuft hier?" Er spielte auf einen gutgekleideten, korpulenten Herren an, der flach und sehr tot auf dem Rücken lag. In seinem Gesicht fanden sich keine Spuren von Alkohol- oder Drogenmissbrauch, und auch ansonsten sah er ganz gesund aus. Wenn halt auch sehr tot.

„Keine Ahnung. Warte mal." Ich aktivierte alle

meine Wahrnehmungsfeatures auf voller Pulle und sah mich langsam um.

Zu sehen gab es nichts Neues, aber ich konnte etwas hören. Ein leises sägendes Geräusch, so schien es mir, drang aus der Loge hervor. Also aus der Bar.

„In der Loge ist jemand. Ich hör' ihn schnarchen."

„Dann los." Kiran legte seinen Schild an.

Ich verpasste uns schnell noch alle Buffs, die mir zur Verfügung standen, denn ein +4 auf Geschicklichkeit, Ausdauer und Intelligenz war besser als nichts.

Kiran nickte dankbar. „Schlau gemacht, das mit den Selbstbuffs. Alles hilft."

„Das dachte ich mir auch. Nach dir." Ich deutete auf eine der breiten Treppen, die auf den marmornen Rängen nach oben führten.

Etwa auf deren Mitte konnten wir nach rechts, zur Loge hin, abschwenken. Allerdings gingen wir erst einmal ganz nach oben und schauten über den äußeren Rand der Anlage nach draußen. Dort zeigte sich das Erwartete: Alles war vollständig weiß. Die Arena hing in der Luft, wie wir feststellten, als wir die riesige Außenmauer hinunterlugten. Respektive: Sie hing im Weiß.

„Fuck", sagte Kiran.

Dem war nichts hinzuzufügen. Einfach über die Mauer klettern, um sich zu verpissen, lief offensichtlich nicht.

Nach einem verhältnismäßig kurzen Fußweg erreichten wir schließlich die Eingangspforte zur

Loge. Ein Holzschild hing daran:

Geschlossene Gesellschaft! Nur für die ganz Harten! Und nein — wir haben nicht den besseren Stoff, die heißeren Girls und die lautere Musik! Ganz sicher nicht!

Die Tür war verschlossen, wie ich feststellte, als ich an der Klinke rüttelte.

„Lass mich mal." Kiran trat vor und öffnete sie vollkommen unproblematisch.

„Angeber."

Ja, ja. Er hat Mann aus Stahl und ich nicht. Seufz.

Eine Müllkippe erwartete uns. Man hatte die Loge vollständig zur Bar ausgebaut, die Theke nahm die gesamte linke Wandlänge in Beschlag. Tische und Stühle lagen wild übereinander — es standen wirklich die wenigsten aufrecht — und die Menge an herumliegenden Gläsern und Flaschen sprengte das Maß der restlichen Arena um Längen. Man sah keinen Fußboden mehr, vor lauter Unrat und Partyüberresten — teilweise stapelte sich das Zeug einen halben Meter hoch. Tote gab es hier jedoch keine.

„Wenigstens haben sie woanders gekackt und gepinkelt." Kiran schüttelte den Kopf und wühlte sich durch den Siff.

„Das sieht nach 'ner wochenlangen Party aus. Ohne Putztrupp." Ich folgte seiner Spur und dirigierte ihn zur Theke. Von dort kam das Schnarchen — er hörte es jetzt wohl ebenfalls.

Schließlich standen wir vor dem Möbel und lehnten uns vor, um dahinter sehen zu können.

Total versoffener und verdrogter Typ. Hat seinen Namen vergessen. Liegt praktisch im Koma, wird aber überleben. Hat ein Level, hat allerdings ebenfalls vergessen, welches das ist. Ist derzeitig nicht an Sex interessiert, nach Spielen oder Tanzen ist ihm auch nicht, aber ein Konterbier würde er nehmen.

Der Tag gehörte zu einem Kerl, der hinter der Bar lag und aussah wie der allerletzte Penner. Er war recht jung — in seinen 20ern würde ich schätzen –, doch von der Optik wirkte er, als hätte er diese 20 Jahre in der Gosse verbracht. Er war über und über mit Dreck verschmiert, die schwarzen Haare total verfilzt. Sein Fetzen von Mantel war übersäht von Alkoholflecken sowie anderem, nicht identifizierbarem Zeug. Seine darunter getragenen Lumpen sahen nicht besser aus. Dafür konnte er überraschend angenehm schnarchen, wie ich fand. Das klang fast schon melodisch.

Davon sollte sich Erzbart mal fünf Scheiben abscheiden.

Der Kerl stank allerdings ziemlich nach Wein.

„Stranger Tag", sagte Kiran.

Ich konnte ihm nur beipflichten. „Ist aber der einzige Lebendige hier, wie es aussieht. Und der Tag spricht eine klare Sprache." Ich goss einen Humpen Bier aus meinen Reserven ein und flankte über die Theke. Anschließend ging ich in die Knie und stellte das Trinkgefäß vor dem Typen ab. Dann rüttelte ich an seiner Schulter. „Aufwachen! Gleich kommt die Putzkolonne! Das sind alles Orks, die putzen dich einfach mit weg, wenn du weiter hier rumliegst."

Der Typ rührte sich kein Stück.

Dann die härtere Methode.

Ich nahm den Humpen wieder auf und kippte ihm einen großen Schluck Bier ins Gesicht. Das führte tatsächlich zu einer Reaktion: Er rollte sich auf den Rücken und riss den Mund auf. Dann schnarchte er weiter.

Nicht ganz wie erwartet, aber meinetwegen …

Also kippte ich vorsichtig den gesamten Inhalt des Humpens in den aufgerissenen Rachen. Der Kollege musste nicht mal schlucken, das Bier floss einfach so seinen Schlund hinunter. Dann war der Humpen leer. Mr. Vollalki rülpste einmal und hob anschließend die linke Hand, um mit dem Zeigefinger in seine nach wie vor aufgerissene Futterluke zu deuten. Er deutete sogar recht nachdrücklich. Dann zeigte er mir den hochgestreckten Daumen. Ich füllte also das nächste Bier ab und verharrte dann in der Bewegung.

Sinnfrei.

Ich trank selbst vom Humpen, während ich den Krug am Säuferrachen ansetzte. Erzbarts Bierkrüge fassten zehn Liter Inhalt — da hatte ich erst mal ganz gut was zum Schütten.

Einen halben Krug später klappte der Typ den

Mund zu. Ich schüttete ihm nicht zu wenig Bier ins Gesicht, bevor ich das Gefäß hochnehmen konnte — das schien ihn jedoch nicht zu stören.

„Danke, Mann!", sagte er, während er sich — offensichtlich vollständig nüchtern — aufrichtete. „Das war nötig. Es gibt nichts Besseres, als zwergisches Starkbier nach einem netten Monat Party." Jetzt stand er auf und sah sich um. „Cool! Hat eingeschlagen wie 'ne Bombe."

Ich erhob mich ebenfalls. „Bombe stimmt, Kollege. Es gibt sogar gut zwei Dutzend Tote da draußen."

„So wenige? Ein voller Erfolg, hab' ich ja schon gesagt. Drink?" Mit einer Bewegung, die ich nicht hatte nachvollziehen können, hielt der Kerl eine Flasche und drei Gläser in den Händen. Die Gläser waren sogar sauber.

„Danke, ich arbeite. Da trinke ich nur Bier", wehrte ich ab. „Und auch nur Donnerbarts Doppelbräu aus den Kalandaha-Kellern. Das ist so 'n Fetisch, weißt du?"

Ich nehm' auch ganz bestimmt 'n Drink von dir, wenn du der Barkeeper einer Party mit fast 30 Toten bist. Ganz sicher tue ich das — NICHT!

Kiran sah ebenso wenig interessiert aus, und Mr. Alki-Barkeeper seufzte. „Ihr seid voll die Partybremsen, ihr zwei. Außerdem seid ihr zu spät — es sind schon fast alle nach Hause gegangen. Was wollt ihr eigentlich hier? Und gib' mal noch ein Bier." Die Flasche samt Gläsern verschwand wieder, und er streckte die rechte Hand aus.

Ich bediente ihn. Versauen wollte ich es mir mit

dem Typen jetzt auch nicht.

„Es sollte ein Turnier geben. Leider wurde es abgesagt, und unsere Rückteleportation lief schief", antwortete Kiran, während er ebenfalls ein Bier von mir entgegen nahm.

„Das Turnier Worguns? Das mit der obercoolen, krass legendären ‚Wahrer-Krieger-Klasse' als Hauptpreis?"

„Genau das." Mein Kumpel sah etwas zerknirscht aus. „Fällt aus, wir sitzen fest. So sieht's aus." Er trank von seinem Bier.

„Jo, Mann, das ist schlecht, ey", sagte der Barkeeper, während er seinen Humpen halb exte. Der konnte während des Trinkens sprechen, der Typ. „Aber warum seid ihr überhaupt hängen geblieben? Diese automatischen Heim-Ports sind eigentlich total zuverlässig."

„Wir kommen aus einer anderen Dimension. Unser eigentliches ‚Heim' konnte der Port wahrscheinlich nicht erfassen." Diese Zusammenfassung sollte unser Problem gut umreißen, dachte ich.

„Verstehe", sagte der Typ dann auch. „Das ist jetzt richtig schlecht, ey. Läuft eure Turnierquest noch?"

Ich sah nach. „Jep."

„Tjo, Jungs, dann seid ihr am Arsch", stellte der Barkeeper nonchalant fest und kippte sein Bier hinunter. „Nachschub bitte."

Ich bediente ihn abermals. Dann räusperte ich mich. Was hatte ich zu verlieren? „Kollege" begann ich, „ich hätte da ein paar Fragen. Zuerst die

Leichen. Hast du die gekillt? Wenn ja, warum? Dann der Ort hier: Ist das die Arena der Götter? Und schließlich: Wie verdammt kommen wir hier wieder raus?"

Nun richtete sich der Typ auf und wurde ernst. „Oh, ein Dimensionsreisender stellt Fragen. Muss ich die jetzt beantworten?" Er sinnierte. „Nein." Prompt verfiel er wieder in seine lockere Haltung. „Mache ich aber trotzdem, ist grad langweilig hier. Also, Frage Eins: Nö. Die sind genauso gestorben, wie es in ihren Tags steht. Freiwillige Märtyrer, die ihr Leben dafür geopfert haben, dass in den bevorstehenden Zeiten ein wenig Glück und Spaß auf der Welt erhalten bleiben. Waren weniger, als ich erwartet hätte, also wird das alles vielleicht gar nicht so schlimm werden. Frage Zwei: Jep. Frage Drei: Ihr müsst eure Quest lösen. Sonst bleibt ihr hier hängen, und die Nächste auf dem Belegungsplan für die Arena ist Cyria — Worgun hat ja abgesagt. Die Cyri macht immer alles kaputt, wisst ihr? Da kommt ihr sicherlich nicht so gut bei weg." Er zuckte mit den Schultern.

Ich schluckte. „Wer bist du, Kollege?", fragte ich leise.

„Hab' ich mir weggesoffen. Aber wollt ihr jetzt vielleicht doch einen Drink? Ihr seht irgendwie so aus." Flasche und Gläser erschienen wieder.

„Du vergiftest uns nicht?"

„Ich darf nicht direkt eingreifen, das glaub' ich jedenfalls. Wobei hier in der Arena die Regeln ein bisschen anders liegen. Ich hab' aber trotzdem keine Lust dazu. Keine Sorge."

FUCK! Meine schlimmsten Befürchtungen bewahrheiten sich...

„'N doppelten, bitte. Und wenn du schon mal dabei bist, dann erzähl' uns doch auch gleich mal was über das Spiel."

Na? Na?

„Kommt sofort. Aber was für ein Spiel meinst du?" Seine Hände flogen. Der Barkeeperskill dieses Typen musste jenseits der 20 liegen.

„Das, in dem wir uns hier befinden. Wenn du bist, wer du vermutlich bist, solltest du da was darüber wissen, oder?"

Der Typ mixte ungerührt weiter. „Ich hab' keinen blassen Schimmer, was du meinst, Mann. Oder wer ich bin. Aber hältst du das Leben für ein Spiel? Wenn ja, wär' das eine gute Einstellung."

„Mein derzeitiges Leben ist definitiv ein Spiel. Diese ganze Welt ist ein Spiel, wenn ich nicht total daneben liege. Ich hätte wirklich gedacht, dass du mit diesem Gedanken etwas anfangen könntest." Leider konnte ich null Anzeichen des Verstehens in seinem Gesicht erkennen.

Ist das jetzt doch kein Gott, oder so was?

„Nope", sagte er. „Aber ihr beide seid tatsächlich sehr ambitionierte Spieler. Das kann ich jetzt, da ich wieder klar aus den Augen gucken kann, deutlich sehen." Er schob mir meinen Drink rüber. „Das ist grundsätzlich sympathisch. Hört mal auf mit irgendwelchem Gelaber über große Spiele und kümmert euch lieber um euer akutes Problem. Ich versorg' euch dabei mit Getränken."

Nun guckte ich dumm aus der Wäsche.

Das ist garantiert der Gott Latte. Aber entweder hat der keinen Bock, oder er hat keine Ahnung... Ach, Scheiße. Wissen die Götter etwa nicht, dass sie in einem Spiel sind? Sind die einfach nur Content? Entstanden aus dem Unterbewusstsein von Spielern, wie die Drachin in Buch 4 meinte?

„Okay." Kiran nutzte meine vorübergehende Sprachlosigkeit und trat neben mich. Er gab dem Barkeeper ein Zeichen, dass er auch einen Drink wollte, dann räusperte er sich. „Ich brauche sieben weitere Kämpfer", erklärte er. „Man muss mindestens zwei Runden überstehen, um ins Finale zu kommen. Die erste Runde ist für die Bestätigung der ‚Erwählter Krieger-Klasse'. In der zweiten Runde geht es um die Klasse ‚Erhobener Krieger'. Die man normalerweise in einer dritten Runde bestätigen muss. Aus den bestätigten ‚Erhobenen Kriegern' kristallisieren sich dann die Finalisten heraus — entweder durch Duelle oder durch Verzicht. Aber wenn es nur zwei ‚Erhobene Krieger' gibt, findet das Finale sofort statt. Kein Bestätigungskampf, keine Auswahl."

„So steht das in der Questbeschreibung?" Ich schob weltbewegende Gedanken zur Seite und nahm meinen Drink entgegen. Der roch verdammt gut.

Hexe schälte sich derweil aus meiner Kapuze, maunzte dem Barkeeper einmal zu und schnüffelte dann am Glas. Der Typ stellte daraufhin linkshändig ein Schälchen mit weißer Flüssigkeit darin auf den Tresen, und mein Katzentier hüpfte von meiner Schulter. Sekunden später begann sie zu schlabbern.

„Sehr krasses Pet, Mann", meinte er, führte diese Bemerkung jedoch auch auf Nachfrage nicht weiter aus.

Stattdessen beantwortete Kiran meine vorherige Frage: „Nein. Es ist aber logisch, ergibt sich aus dem Ablaufplan. Wenn es nicht genug Kämpfer für ein großes Turnier gibt, geht es straight voran. Dann gilt: Ein Kampf pro Klasse nach dem KO-Prinzip. Unterhalb von insgesamt acht Kämpfern funktioniert der Ablauf aber nicht mehr."

„Die Verlierer der ersten Runde verlieren also sogar den ‚Erwählten Krieger'? Und alle drei Klassenwahlen? Das ist hart. Was kann die ‚Erwählter Krieger-Klasse' überhaupt?"

„Alle Waffen- und kampfrelevanten Skills +1. Unabhängig von ihrer Höhe. Außerdem steigt die Eigenschaft ‚Kampferfahrung' um einen Punkt, respektive du bekommst sie, wenn du sie vorher nicht hattest. Das war's."

Ich pfiff durch die Zähne. „Fett. Und das ist erst die erste Klasse von diesem Turnierbaum."

„Ganz genau", bestätigte er.

Mir war nun klar, warum Kämpferfanatiker wie mein Kumpel so ein Risiko auf sich nahmen.

Kiran hatte schon als Champion Schwert auf Skilllevel 9 und Schild auf 7 oder 8. Allein diese beiden Skills haben ihm durch den +1 mindestens 8 Skillpunkte geschenkt. Das ist superkrass, zumal der Mann insgesamt etwa zehn kampfrelevante Skills hat.

„Okay. Wo bekommen wir also sieben Kämpfer

her, die alle die Befähigung haben, hier mitzumachen?" Ich stieß mit dem ehemaligen Champion an, der soeben auch ein Glas erhalten hatte, und wir kippten unsere Drinks.

Cancel Culture

SCHIEBUNG! Du bist dabei, dir deine Quest wegzusaufen! Das läuft so nicht! Wir können zwar nichts dagegen tun, wenn du dich so dermaßen volllaufen lässt, dass Worgun dich einfach vergisst, doch wir können dir eine Ausweichquest reindrücken! Wähle also aus folgenden Questmöglichkeiten aus, wenn du cheaten willst:

Cyrias Wut:
Zerschlage die Organisationsstruktur der Najebstadt Al'Shazaar und töte ihre Adligen, auf dass sich die Stadt nicht vor einer Goblin-Invasion retten kann!

Gayas Hort:
Sorge dafür, dass die Felder von Al'Shazaar nicht von Tausenden von Goblins geplündert

werden, und die Großstadt deswegen verhungert!

Zirtes Ungnade:
Holze einen oder mehrere Wälder im nördlichen Vahlhem ab und schaffe das Holz nach Nalishaven, damit nicht die halbe Stadt erfriert!

Danas Schrecken:
Verhindere das Abholzen der Vahlhemer Wälder!

Kovars Faust:
Zerstöre eine Festung der ambrisch-kaiserlichen Armee und töte jeden in ihr befindlichen Soldaten!

Doch keine Lust? Dann mach' halt mit deiner Worgun-Quest weiter!

Ihr drecksblöden Pisser! Wir sind doch dabei!
Ich knallte das Glas auf den Tresen. „Noch einen!"
„So gefällt mir das." Der Alki-Barkeeper mixte. Nebenbei bemerkte ich, dass es vermutlich der leckerste Drink gewesen war, den ich jemals getrunken hatte. Schon stand das frisch eingeschenkte Glas vor mir. Ich trank erneut.

VERGISS DAS! So lange saufen, bis wir dir einfachere Ausweichquests anbieten, läuft

nicht! Hier hast du zwei weitere Möglichkeiten:

Nesferes Rache:
Töte 10.000 Einwohner der Stadt Kesch in 100 Tagen!

Baals Personal:
Ein Dämonenlord der neunten Hölle wird aufsässig. Schaffe das Problem aus der Welt.

Alles klar?

geistiger Mittelfinger
„Noch einen!"

Du schnallst es nicht, was?

Lirahs Hoffnung:
Übernimm die Führung von Purify und baue die Gilde in fünf Jahren zur Weltmacht aus!

„Noch einen."
So langsam spielten wir uns ein. Ich kippte den Inhalt des nächsten Glases in mich hinein.

OKAY! Wir geben auf!

Daraufhin geschah erst mal nichts. Ich ließ mir den nächsten Drink geben. Kiran neben mir war auch schon beim vierten.
Kaum war der Inhalt des Glases in meinem Magen angekommen:

GNADE EINES GOTTES! Latte, der Gott des Glücks, ist aus irgendeinem Grund der Meinung, dir einen Cheat eröffnen zu müssen. Vermutlich hat er dein Bier gemocht. Dein Umhang der Scheinheiligkeit wurde zum Umhang des Eventmanagers gewandelt. Dies ist ein einzigartiges, heiliges Artefakt Lattes!

„So, Jungs. Letzte Runde." Der mutmaßliche Gott füllte unsere Gläser ein weiteres Mal. „Austrinken schafft ihr allein, oder? Ich hab' jetzt ein Date." Er sagte es, schnippte mit den Fingern und war weg. Die Bar verschwand mit ihm, der Siff blieb erhalten.

Ich blinzelte. Ich hatte für den Bruchteil einer Sekunde den Eindruck gehabt, dass der Typ sich während des Fingerschnippens in einen ultra-attraktiven Gigolo verwandelt hatte. Dann hatte er noch die ‚Nimm mich, sonst verpasst du was'-Ausstrahlung aufgelegt und ein verführerisches Lächeln um seine Lippen spielen lassen. Oder doch nicht?

Hab' ich mir garantiert eingebildet... ganz sicher...

Ich schüttelte den Kopf und sah mich um. Wir standen nun in einer leeren — nein, vollständig zugemüllten — Marmorloge, und hielten jeder noch einen Drink in der Hand.

Kiran zuckte mit den Schultern und trank einen Schluck. „Wenn das jetzt wirklich ein Gott war, dann hatte der keine Ahnung vom Spiel, respektive von deiner Spieltheorie. Meinst du, der hat uns verarscht?" Er ging zur Brüstung, um in die Arena zu schauen. „Putzen mag er auch nicht. Ist alles noch immer total versifft."

Ich kippte meinen Drink hinunter, während ich ihm folgte.

Mist. Passiert nix mehr.

„Das war ziemlich sicher Latte", antwortete ich. „Keine Ahnung, ob der uns verarscht hat. Aber offensichtlich entstehen die Götter aus dem Spiel selbst heraus. Dimensionsreisen kennen sie wohl — Computerspiele eher nicht. Die Typen sind Game-Content. Das passt auch zu unseren bisherigen Erkenntnissen über sie."

„Was dein anstehendes Gespräch mit Cassandra hinfällig macht, oder?"

„Da hast du recht." Ich trat neben ihn. „Ich muss mich mehr auf die Promptschreiberpenner konzentrieren. Die Götter können mir wohl nicht wirklich weiterhelfen, wenn's ums Game geht. Aber die Drinks waren scheißlecker." Ich strich mit meinem Finger die Reste aus meinem Glas und leckte ihn ab.

„So sieht das wohl aus." Kiran nippte an seinem Glas. „Was machen wir jetzt?"

„Latte hat nicht nur Drinks ausgeschenkt, sondern uns auch was dagelassen. Hier." Ich holte den ehemaligen Umhang der Scheinheiligkeit aus meinem Inventar.

Name: Umhang des Eventmanagers
Klasse: Über-Heilig
Art: Mantel

Level: Frei
Benutzbarkeit: Rok Nang
Haltbarkeit: 1
Effekt: Versetzt Träger in die Lage, ein Event seiner Wahl nachzuholen. Zerstört sich nach Eventende selbst.
Bonus: Teilnehmer des Events können, unabhängig von der Art des Events, frei vom Träger bestimmt werden.
Eigenschaften: Event muss innerhalb der kommenden 8 Stunden stattfinden. Funktioniert nur in der Arena der Götter. Anwender muss nach Event putzen, sonst steht er allein in der völlig versifften Anlage herum, wenn Cyria ihren Termin wahrnimmt. Will er das?

Dieser verschissene Drecksgott. Der hasst Putzen offensichtlich genauso hart wie ich.

„Ähm…" Kiran guckte einigermaßen dumm aus der Wäsche. „Das meint der jetzt nicht ernst, oder?"

„Ich denke schon." Das kam etwas zähneknirschend rüber, doch meine Gedanken begannen bereits zu rattern. Ich tauschte den sogenannten Umhang — das Ding war ein besserer Fetzen — gegen meinem Mantel der

Klingen aus, und schon bemerkte ich einen kleinen, knallbunten Punkt in meinem Sichtfeld. Dieser befand sich unterhalb des gelben Punktes, den man andenken musste, um das Gildeninterface zu öffnen. Ich konzentrierte mich auf den bunten Pixel, und prompt erschien ein dicker Prompt, der mir ein Menü auflistete.

Castingliste
Gebuchte Teilnehmer
Ablaufplan
Security
Aufräumdienst

Darunter gab es noch einen Button, der mit ‚Ausführung‘ beschriftet war, den ich derzeitig aber noch nicht anwählen konnte. Als ich es versuchte, bekam ich eine Info, dass ich vorher die einzelnen Menüpunkte abarbeiten müsste. Bis auf den Letzten — der wäre schon abgehakt.

Da steht nur: Rok Nang. 'Nen dicken, grünen Haken dahinter gibt's auch noch. Pennergott.

„Okay, es war Latte", sagte Kiran, nachdem er sich mein Promptgewitter angesehen hatte. Wir hatten nach wie vor keine Beschränkungen voreinander auf den Chars liegen, sodass er live und in Farbe verfolgen konnte, was ich hier so trieb.

„Sag' ich doch." Ich dachte den Punkt ‚Castingliste‘ an.

Bitte Filtern! Eine ungefilterte Auflistung

aller Lebewesen der Welt sprengt deine geistige Kapazität um Längen!

Es erschien eine Leiste, in der man verschiedene Filterungskategorien auswählen konnte.

„Okay… setz' auf jeden Fall mal das Level auf 50 only", riet Kiran, der mir über die Schulter sah. „Wir sollten versuchen, möglichst viel von Worguns Quest-Voraussetzungen zu erfüllen. Sonst könnte es sein, dass wir zwar ein nettes Event haben, die Quest danach aber nicht beendet ist."

„Guter Punkt." Ich verwarf den Gedanken, meinem Kumpel sieben Goblins Level 5 — 15 vor die Nase zu setzen, und begann zu filtern.

„Eingestellt. Was noch? Nur Kämpfer?"

„Nö. Aber sie müssen alle den ‚Erwählten Krieger' auswählen dürfen. Kannst du einstellen, dass die Kandidaten die Klasse angeboten bekommen, auch wenn Worgun sie nicht gesehen hat?"

„Nope. Ich kann ihnen aber die Klasse ‚Erwählter Cheater' verpassen, wenn sie den ‚Erwählten Krieger' nicht nehmen können. Das sollte keinerlei Konsequenzen haben. Sieben möglichst pissige Level 50-Mobs sollten zu finden sein."

„Vergiss es, Rok. Möglichst dicht an der Quest, bitte."

„Ja, ja." Ich seufzte. Dann ich stellte die gewünschte Filterregel ein, und mir wurde eine

Liste angezeigt. Die war nicht ultralang, aber deutlich umfangreicher, als wir in einem Tag kämpferisch würden abarbeiten können. Sie musste Hunderte von Einträgen umfassen.

„Da sind auch die Leute drauf, denen Worguns Turnier-Quest angeboten wurde, die sie aber ausgeschlagen haben. Denen könnte ich jetzt einfach drei Klassen klauen und ihnen dann den ‚Erwählten Krieger‘ reindrücken. Wie krass ist das denn? Ich kann sie nicht gegen ihren Willen hierher zitieren, sie müssten die Quest schon annehmen, aber ich kann als Nichtannahme-Strafe einen Klassenverlust verhängen!“ So musste es sich anfühlen, Gott spielen zu können.

„Das machen wir nicht. Such nach denen, die kommen wollten.“

„Okay.“ Es blieben etwa 80 Einträge übrig. „Immer noch etwas viel für acht Stunden, oder?“

Kiran lachte. „Oh, Rok, wir cheaten schon. Nur nicht so hart, wie du wolltest. Wir suchen uns nun sieben von denen aus — mehr Kämpfer laden wir nicht ein.“

„Voll unfair.“ Ich grinste.

„Worgun ist selbst schuld, wenn er sein Turnier absagt. Der Steppenork von damals, als ich die Quest bekommen habe, muss aber dabei sein. Der hat freiwillig seine ‚Dicka Hakka-Klasse‘ abgelegt, um die Quest von Worgun annehmen zu können. Der hat das verdient. Und wenn du allen anderen, die wir jetzt gleich nicht einladen, die ‚Erwählter Krieger-Klasse‘ als Trostpflaster lassen könntest, wäre das super.“

Ich sah nach. „Das geht. Das wäre aber etwas unfair gegenüber den eingeladenen Kämpfern, die die erste Runde verlieren, oder?"

„Ein bisschen Motivation muss sein." Kiran blinzelte mir zu.

„Check." Ich schickte eine Einladung an den Steppenork, den mein Kumpel erwähnt hatte. Diesen Kollegen hatte ich fest eingeplant — wenn auch zum Teil aus anderen Gründen, als Kiran dachte. Man konnte Kommentare in die Einladungen schreiben und erweiterte Teilnahmebedingungen verhängen — von beiden Funktionen machten ich nun eifrig Gebrauch. Furrn Mogbor, der Ork-Unterboss von damals, würde noch ein paar Extra-Anforderungen erfüllen müssen, um hier mitmachen zu dürfen. So scharf wie Furrn darauf zu sein schien, sollte das laufen.

„Erledigt. Ist die Klasse ‚Dicka Hakka' eigentlich 'ne andere als die ‚Dikka Hakka-Klasse'?"

„Du fragst mich Sachen. Bin ich ein Ork? Weiter im Text: Kannst du einsehen, wie sich die Typen qualifiziert haben?"

„Nein. Ich kann nur die Tags aufrufen. Und ein Bild."

„Zeig mir mal die sechs, die am meisten nach guter Gesinnung aussehen."

Ich runzelte die Stirn. „Veto. Wenn wir's einigermaßen ausgeglichen machen wollen, müssen da auch ein paar miese Typen — oder Typinnen — bei sein. Ich zeig dir gern die, von denen ich denke, dass du sie schaffst, aber wir müssen alle Gesinnungen im Spiel haben. Gut — neutral — böse. Soweit wir das ausmachen können, jedenfalls."

Kiran verzog das Gesicht. „Muss das sein?"

Ich nickte. „Wenn sauber, dann auch richtig sauber. Ich liste dir jetzt alle auf, du suchst dir deine restlichen sechs Gegner selbst aus, und wir balancen das mit der Gesinnung nach Optik. Sieh zu, dass du die Typen schaffst — ich nehme mir das Recht heraus, Kämpfer abzulehnen. Und du kannst überhaupt nix dagegen tun, weil ich die Auswahl in der Hand habe." Ich grinste ihn an.

Daraufhin guckte er böse und knuffte mich in die Seite. „Zeig schon her. Und das sind meine Kämpfe, vergiss das nicht."

Ich grinste weiter. „Göttliche Quest — ich bin der persönlich erwählte Vollstrecker eines Gottes. Mein Wille geschehe, wie in Bregant so auch in der Arena der Götter. Knie nieder, oh Sterblicher, und erzittere. Und dann guck dir Fighter an."

„Blöder Penner. Schmeiß' mal die Speerkämpfer raus."

„Immer gern. Gilt für Beides." Ich tat ihm den Gefallen und rief dann die verbliebenen Beschreibungen nacheinander auf. Wir studierten für eine Weile die Weltelite der Kriegerfanatiker des Levels 50.

Dann sah Kiran hoch, trat dicht an die Logen-Brüstung heran, und sein Blick wanderte in die Arena unter uns. „Ich habe richtig gehört. Steppenorks incoming, mindestens 100!"

Ich sah gar nicht hin. „Jo, jo. Das ist Furrn. Der

hat sein Team dabei."

Deutliches Grunzen hallte aus der Arena zu uns in die Loge hinauf.

„Warum sind die schon da? Du hast das Event doch noch gar nicht gestartet. Muss ich gegen die alle kämpfen?" Kiran wirkte etwas beunruhigt.

„Nope. Nur gegen Furrn. Aber Orks sind erstens nicht gern allein, und zweitens brauchte ich 'nen Putztrupp."

„Steppenorks?" Der ehemalige Champion guckte sehr zweifelnd.

„Jep. Das sind ziemlich saubere Typen, du erinnerst dich?" Als wir damals auf der Katzburgquest ein Steppenork-Lager übernommen hatten, war mir diese Tatsache sehr deutlich ins Auge gesprungen.

„Da hast du nicht unrecht. Jedenfalls, wenn man ihre angeblich zivilisierten Verwandten zum Vergleich nimmt. Notwendige Teilnahmebedingung für Furrn: Er soll 'nen Putztrupp mitbringen? 50 Mann mindestens?"

„80. Und das Geschlecht war mir egal. Die müssten schon dabei sein, das Kampffeld aufzuräumen. Es war eine Questbedingung, dass sie das schon vor dem Event erledigen — wenn wir fertig sind, müssen sie dann auch noch putzen. Außerdem sind sie die Security — deswegen durften sie früher kommen. Die haben Ehre, werden also nicht bescheißen. Falls sie es doch versuchen, bin ich immer noch ein Casta. Das respektieren auch Steppenorks. Hoffe ich."

„Da könntest du Glück haben. Aber du hast

recht — sie räumen schon mal auf. Auch wenn sie die Leichen auf Spieße stecken. Was soll das denn?" Kiran beobachtete nach wie vor die Vorgänge im Riesensandkasten.

„Es sind Orks. Die wilde Sorte. Was denkst du?"

„Nicht wirklich?" Sein Gesicht nahm einen angewiderten Ausdruck an.

Ich zuckte mit den Schultern. „Aber sicher. Ich geh' gleich runter und sage ihnen, dass sie das etwas dezenter machen sollen. Aber glaubst du wirklich, dass die sich 'ne Chance entgehen lassen, göttlich berührte Leichen zu verwerten?"

„Du kannst SO ekelig sein, Rok."

„Nee. Ich hab' nur keinen Bock, zu putzen. Guck' mal der hier. Der wär' doch was, oder?" Ich hob einen Listeneintrag hervor, und Kiran kam wieder zu mir.

„Du solltest schnell runtergehen. Die machen schon Feuer, mit dem Müll als Brennmaterial. Aber ja, der geht. Wäre dann ein Kandidat für einen guten Slot, oder?"

„Vermutlich."

Rakin Sel'Barnis. Erwählter Krieger. Level 50. Sel'Barnis.

Das Bild dazu zeigte einen bronzefarbenen Elfen in fast durchsichtiger, gläserner Kettenrüstung. Er trug zwei Elfenschwerter aus violettem Glas, einen Helm aus grünem Material und lächelte halbwegs charismatisch in die ‚Kamera'.

„Das passt schon. Wüstenelfen sind eher

freundlich — aber halt immer noch Elfen. Bevor wir jetzt aber weitermachen: Norde mal die Orks ein. Es beginnt süßlich zu riechen. Was, nebenbei gesagt, fast schon zum Kotzen ist, wenn man weiß, was da brät."

„Alles klar. Moment."

Ich ging runter und nahm Furrn beiseite, der sich gerade von drei seiner Jungs die Schultern massieren ließ. Der riesige, beige Ork, in seiner zusammengewürfelten Lederrüstung, mit seinen beiden extrabreiten, grünen Speltern, nahm die Angelegenheit hier sehr ernst. Nachdem ich ihm auf fließendem Orkisch klargemacht hatte, dass zwei Dutzend brutzelnde Menschen im Hintergrund zu deutlich mehr Security-Stress führen würde, als wir haben wollten, änderte er sofort den Picknickplan. Mir wurde versprochen, dass die Opfer Lattes nun nur noch schnell durchgegart würden und dann in ihren Inventaren verschwänden. Die Sache wäre erledigt, sobald sie das Kampffeld sauber aufgeräumt hätten. Damit konnte ich leben, also bedankte ich mich bei Furrn und betrat keine Viertelstunde später erneut die Loge.

Kiran war dabei, sich aufzuwärmen — Lattes Drinks hatten ihn stocknüchtern gemacht — und vollführte gerade einige Probeschläge gegen einen Müllhaufen als Ziel.

„Check. Wird alles durchgebraten und dann zu Dosenfutter verarbeitet. Bis wir den Rest der Teilnehmer zusammengesucht haben, sind sie fertig." Ich ging wieder zur Brüstung und öffnete erneut mein ‚Personalfile‘.

„Noch mal, damit es alle wissen: ROK IST EKELIG!“

„Dich hört keiner. Bis auf die Orks, und denen ist es wurscht. Was hältst du von der hier?“

Leanira Traskall. Erwählte Kriegerin. Level 50. Import/Export-Unternehmen: „Marinas 33“. Vierte von oben.

Hier hatten wir eine Amazonenkriegerin, die tatsächlich in einen dieser absolut lächerlichen Kettenbikinis gekleidet war. Lächerlich deshalb, weil das Ding zwar ziemlich sexy aussah, praktisch aber null Rüstungsschutz bot. Sie trug dazu sehr kurze Haare und, wie Brittain, zwei hochklassige Elfenschwerter. Außerdem einige Piercings. Ihr Blick war nicht nett.

„Ekelig! Du. Nicht die da. Die ist okay. Sie wird ähnlich kämpfen wie Brittain — damit komme ich gut zurecht.“

„Check. Ist dann der neutrale Platz, oder?“

„Eher böse. Brittain ist hart drauf und sie ist eine der netten Amazonen.“

„Okay.“ Ich addete Leanira auf der Einladungsliste, und wir suchten weiter.

Chef des Abends

„LADYS AND GENTLEMEN, meine sehr verehrten Damen und Herren! Hiermit lade ich sie aufs Herzlichste ein, unser heutiges Event — die Nachholveranstaltung von Worguns Turnier — aufs Vortrefflichste zu genießen! Wir..."

„Grunz."

„Nää, so nich."

„Wat is ein Gäntelmän?"

„Ich träffä auch imma vor Ubbul."

So ging das weiter. Meine dritte Test-Version der abendlichen Begrüßung stieß bei der mich derzeitig umgebenden, fast sandfarbenen Ork-Security auf nicht viel Gegenliebe. Ähnlich wie die beiden Versionen davor.

„Wat heißt härzlich?"

„Dat is, wänn du däm Gegnaa dat Härz rausräißt."

Ich war ein kleines bisschen frustriert. Ich hatte

mir wirklich Mühe gegeben, doch einen auf Zirkusdirektor zu machen lag offensichtlich nicht an. Die gut 80 Orkinnen und Orks, die sich um mich herum versammelt hatten, ließen sich noch ein wenig über meine — ihrer Ansicht nach grottenschlechten — Ansagafähigkeiten aus und warteten ansonsten brav, bis der BDA — der Boss des Abends, also ich — sich zu Ende geärgert hatte. Aber wenigstens war das Kampffeld mittlerweile aufgeräumt.

„Mach' doch: Allä da? Dann druff!"

„Wieso muss där übahaupt wat sagän?"

Tipps gaben sie natürlich auch. Was mir allerdings nicht wirklich weiterhalf. Von links kam Kiran hinzu, der sich eben noch mit Furrn und seinem 20-köpfigen Privat-Supportteam unterhalten hatte. Der Ork, der, genau wie mein Kumpel, derart gezielt gelevelt hatte, dass er hier auf jeden Fall mitmachen konnte, hatte Mitleid mit dem ehemaligen Champion gehabt. Kiran wäre ja so allein hier, hatte er gemeint, das könne er sich nicht mit anschauen. Also hatte er dem Mann kurzerhand vier seiner Supporter abgegeben, die nun in Kirans eigener Ecke darauf warteten, auch ihm eine bestmögliche Kampfvorbereitung zu verpassen.

Normale Orks sind schon ziemlich fair... auf ihre ganz eigene Art. Steppenorks schlagen die aber noch mal um Längen.

Denen ging es nur darum, wer tatsächlich der Beste war. Da durfte nicht geschoben oder getrickst werden, das sahen diese Orks sehr eng.

Dementsprechend war auch unsere Security drauf.

„Musst dia kaine Sorgän machän, Boss. Cheeta riech' ich auf 3 Kilometa!"

Mich rochen sie glücklicherweise nicht.

„Und? Wie sieht's aus, Mann? Können wir?", fragte Kiran mich, als er in unseren Kreis trat.

Viele Orks zeigten den hochgestreckten Daumen. „Boss muss nur noch Kehlä ölän, dann geht dat." Der Ork, der das gegrunzt hatte, zog ein Ölfläschchen aus seinem Gürtel und hielt es mir hin. Ich lehnte dankend ab.

„Ich hab' noch keinen Opener-Spruch. Ansonsten wären wir so weit klar."

Das konnte man so sagen. Das Eventmenü war abgearbeitet, und das Kampffeld vorbereitet. Es brannten acht große Feuer — jeweils eins in jeder ‚Ecke' für die acht teilnehmenden Kämpfer –, und ein kleineres Duellfeld war in der Mitte des Ganzen durch leere Flaschen eingegrenzt worden. In diesem standen wir gerade — mit unserer höchst motivierten Security um uns herum.

„Wie wär's mit: Worgun hat keine Zeit, ich übernehme. Ihr acht habt Glück gehabt und dürft jetzt im KO-Verfahren um die Klasse des Wahren Kriegers kämpfen. Sucht euch 'nen Gegner, dann ist das Viertelfinale in 'ner Stunde durch."

„Supa."

„Jo, Boss, das issäs!"

„Klassä, schnallt jeda."

Ich gab auf und warf den Zirkusdirektor in den geistigen Mülleimer. „Okay, wie ihr wollt. Kömmer dann?“

Noch mehr hochgestreckte Daumen beantworteten meine Frage. Kiran klopfte mir auf die Schulter und ging in seine Ecke. Ich scheuchte die Security vom Duellplatz, stellte jeweils fünf von ihnen in jede Kämpferecke und verteilte den Rest in einem lockeren Kreis um den Spot des Interesses herum. Dann sah ich mich um.

Alles bereit. Also los.

Nach Öffnen meines Eventinterfaces dachte ich ‚Ausführen‘ an. Diesmal funktionierte es. Sogleich hörte ich ein ‚Puff‘, und schon stand ein Kämpfer vor mir. Es war der Wüstenelf, der mir einmal zunickte und sich dann in eine der freien ‚Ecken‘ begab.

Neben den beidhändigen Schwertkämpfern — dem Elfen und der Amazone — hatten wir vier weitere Typen ausgewählt, bei denen wir davon ausgingen, dass Kiran sie schaffen würde. Die beiden eher leichten Kämpfer spawnten jedoch als Erstes, schön nacheinander. Auch die Amazone schenkte mir lediglich ein kurzes Nicken, bevor sie sich ebenfalls eine ‚Ecke‘ aussuchte.

Sie kommen einzeln, in der Auswahlreihenfolge. Das macht's schön übersichtlich. Fein, fein.

Als Nächstes erschien:

Duncan Legorn. Erwählter Krieger. Level 50. Königliche Garde: Schwertkämpfer von Ronda. Waffenmeister. Träger des Schwertes sowie des Schildes vom Halbfelsen. Trainer des Prinzen von Ronda.

Der Lendarier trug eine leichte, auf Beweglichkeit ausgelegte Plattenrüstung mit untergelegtem Kettengeflecht. Seine langen Haare waren in einem Kriegerzopf geflochten, und seine Waffen sahen aus, als wären sie aus Stein gemacht. Sie bestanden aus einem etwas zu kurzen, grauen Bastardschwert und einem Schild, der wirkte, als wäre er eine abgeschnittene Scheibe eines Felsens. Jedoch schienen sie recht leicht zu sein, als sie an seiner Seite und auf seinem Rücken schaukelten, während der Typ sich vor mir verbeugte. Dann sah er sich missfällig in der beigen Security um. „Orks, Mylord? Gut, sie sind nicht grün, aber haltet Ihr das für angebracht?"

„Ich bin kein Lord. Und Steppenorks sind die fairsten Typen, die es gibt. Das passt schon, Herr Legorn. Wenn Ihr Euch nun bitte in Eure Ecke begeben würdet? Ihr haltet den Spawn auf."

„Wie Ihr wünscht. Doch was ist ein Spawn?" Er setzte sich dennoch in Bewegung.

„Fremdsprachlich für Teleportation. Solltet Ihr übrigens zwei Orks zum Schultern massieren wünschen, können wir das einrichten."

„Nein, danke." Er verließ den Kreis. Prompt erschien der — nein, die Nächste.

Samira Al'Zarnala. Erwählte Kriegerin. Level 50. Gesegnet. Berührt. Gemeinschaft der blutigen Säbel. Gildenvorsteherin. Schlächterin der roten Wüste. Sammlerin von Elfenohren.

Samira war für eine Südländerin ziemlich groß. Sie maß knapp 1,80 m, trug eine sie vollständig verhüllende, schwarze Aba und einen leuchtend roten Turban. Ich hatte es schwer, sie als Frau zu erkennen, denn das einzige Körperteil von ihr, das nicht verhüllt war, waren ihre Augen. Diese besaßen eine fast unmenschliche Intensität, und die Dame bewegte sich wie eine Tänzerin, als sie sich formvollendet vor mir verneigte und dann praktisch in ihre Ecke schwebte.

Oh, oh. Bei der haben wir uns unter Umständen vertan. Die miesen Typen sind rein optisch echt schwer einzuschätzen. Wobei sie als Erstes wohl einen Kampf auf Leben und Tod vor sich hat — der Wüstenelf schaut sie an, als ob er sie fressen will.

Zwei Säbel, die aussahen, als ob sie aus Diamant bestanden, waren ihre Waffen, und auch ein kleiner Schild — aus Leder, eher abgewetzt — hing über ihrem Rücken.

Und weiter ging es:

Astrid die Durchgeknallte. Erwählte Kriegerin. Level 50. Namhafte Frau. Gesegnet. Berührt. Geküsst. Geleitet. Nicht erhoben, jedoch beschenkt, geknuddelt und behütet! Hat noch nix gerissen, weil die Vollidiotin tatsächlich ganze drei Klassenwahlen nicht genommen hat.

Astrid war eine kleine und ziemlich zierliche Nordfrau. Natürlich trug sie eine volle Kettenrüstung und einen Nordmannenhelm —

oder war das ein Nordfrauenhelm? –, doch ansonsten glänzte nur ein einzelnes Breitschwert an ihrer Seite. Das Teil wirkte nicht mal großartig besonders. Sie zwinkerte mir zu. „Klappt ja doch. Super Sache. Bist du Worgun?"

„Nope. Nur die Vertretung. Inspizier' mich."

Mein Tag sah zurzeit etwas anders aus — darauf hatte Kiran mich schon kurz nach Eintreffen der Orkbande hingewiesen.

Rok Nang. Göttlich bestellter Eventmanager. Level unwichtig. Alles andere auch unwichtig. Er ist ein kleiner Cheater, aber die Orks passen auf. Macht euch keine Sorgen!

„Ah. Alles klar. Habt ihr Met?"

„Ich kann dir Zwergenbier anbieten. Donnerbarts Doppelbräu. Schmeckt eigentlich jedem."

„Gib' mal zwei Humpen. Mit trockener Kehle kämpfen isses nich."

Ich bediente sie, sie bedankte sich und begab sich in ihre Ecke.

Nun fehlte nur noch einer.

ACHTUNG! Eine Entität hat mitbekommen, dass du hier massiv rumcheatest! Damit hat sie zwar kein Problem, der von dir bestellte Goblin-Warlord wird jedoch trotzdem nicht erscheinen. Stattdessen schickt sie einen ihrer verschworenen Kämpfer.

Und — Puff — stand ein Samurai vor mir. Gekleidet war er in vollständiger, rot/schwarz/golden lackierter Holzrüstung, jedoch mit stählernen Handschuhen. Ein Dai-Katana — also ein zweihändig zu führendes japanisches Schwert, das aber wesentlich dünner war als ein üblicher Zweihänder –, hing über seinem Rücken und das Wakizashi glänzte im Gürtel. Beide Waffen sahen wie unglaublich geile Kunstwerke aus und wirkten, als ob sie Körperteile des Typen wären. Er nickte mir extrem knapp zu.

Wer kann denn bitte 'nem Gott ins Handwerk pfuschen?...

Ich guckte etwas dumm, während ich inspizierte.

Kiso Hisayoshi. Erwählter Krieger. Level 50. Gesegnet. Berührt. Geküsst. Geleitet. Erleuchtet. Diener des einzigen, wahren Drachen. Nummer 772.

Was die Frage dann beantwortet. Fuck, der Typ sieht richtig gefährlich aus!

Nach einer einladenden Bewegung meinerseits in Richtung der letzten freien Ecke nickte der Kollege erneut und war schon auf dem Weg. Dort angekommen ließ er sich auf die Knie nieder, legte seine Hände an die Oberschenkel und schloss die Augen.

Und nu' meditiert er. Super. Der will offensichtlich nicht mal zugucken.

Jetzt waren wir vollständig. Ich trat zwei Schritte vor, um mich genau in der Mitte des Duellplatzes zu befinden, und räusperte mich. Dann räusperte ich mich noch einmal, wesentlich lauter, doch die den Platz in einer sehr lockeren Reihe umgebenden Orks waren immer noch ziemlich laut.

Dann mach ich halt mal wieder den Hartbert...

„ALLE MAL DIE KLAPPE HALTEN!"

Prompt wurde es ruhiger. Die beige Security schaute erwartungsvoll in meine Richtung, und die Kämpfer erhoben sich. Sofern sie denn gesessen hatten — bis auf den Elfen und die Amazone hatten es jedoch alle getan. Meist auf dem Boden — nur Duncan hatte offenbar einen Feldhocker im Inventar gehabt, und Kiran hatte einen Knochensessel vom Ork-Team abbekommen. Der war nur ein wenig kleiner als Furrns Boss-Stuhl. Lediglich der Samurai meditierte weiter. Das war mir aber scheißegal.

„OKAY! WIR KÖNNEN DANN MAL LOSLEGEN! KÄMPFER BITTE NÄHER KOMMEN, DANN MUSS ICH NICHT SO BRÜLLEN!"

Sieben Krieger bewegten sich auf mich zu. Die jeweilige Ecken-Security folgte ihnen, die Kampfring-Security machte ihnen Platz. Schon standen sie am äußeren Flaschenring und sahen mich erwartungsvoll an. Lediglich der Elf interessierte sich wenig für mich — der starrte zu Samira.

„HERR SAMURAI? ES GEHT LOS!"

Der Orkring öffnete sich ein wenig, um den

Blick auf Kiso freizugeben. Der meditierte nach wie vor.

„Okay, lasst einfach 'ne Öffnung für den Mann", sagte ich zur Security und wandte mich meiner restlichen Kundschaft zu.

„Gut. Moin Leute. Mir ist hart geraten worden, mich kurz und verständlich auszudrücken."

Ein wenig orkischer Applaus folgte. Ich schaute böse in die Runde, und sie stellten das Klatschen ein.

„Wir kämpfen jetzt im KO-Verfahren um die Klasse des Wahren Kriegers. Drei Runden sind geplant, einmal vier Paarungen, danach einmal zwei und dann der Finalkampf. Die Kämpfe finden einzeln statt, damit alle was zu gucken haben, und ich habe den Verlust der ‚Erwählten Krieger-Klasse' abgestellt, weil ich das unfair fand. Motivation hin oder her." Ich wechselte einen Blick mit Kiran.

Der zuckte die Schultern, und die anderen Kämpfer murmelten zustimmend. Bis auf den Elfen und die Südländerin. Während Letztere mich nur mit ihren faszinierenden Augen ansah, starrte der Elf sie in den Boden und musste sich sichtlich beherrschen.

„Für die zweite Runde bin ich ähnlich verfahren", fuhr ich fort, als sich die Murmelei wieder beruhigt hatte. „Ich habe die Mechanik so eingestellt, dass ihr die Klasse ‚Erhobener Krieger', die ihr jetzt durch einen Sieg im Viertelfinale direkt erstreitet, nicht mehr bestätigen müsst. Ihr könnt sie behalten, egal, ob ihr weiterkämpft oder nicht.

Ebenso, wenn ihr euren Halbfinalkampf verliert. In der zweiten Runde geht es dementsprechend nur noch um die Finalteilnahme — wer die ‚Wahrer Krieger-Klasse' haben will, muss sich qualifizieren. Wer das nicht schafft, oder zurückzieht, verliert allerdings auch nichts. Ich finde, das habt ihr verdient. Alles verstanden worden?"

Sie bekundeten in verschiedenster Form ihre Zustimmung. Natürlich hatte ich hier auch wieder gecheatet — immerhin konnte man sich nun nach dem gewonnene Viertelfinale zurückziehen und mit dem zweiten Preis im Tag einfach heim porten. Wenn das jemand tun würde, würde dieser Jemand Kiran damit unter Umständen einen Kampf ersparen. Aber es kam auch allen hier entgegen, und wenn der Gott des Krieges wollte, dass dieses Turnier hier voll nach seinen Regeln ablief, dann hätte er gefälligst auftauchen sollen. Ich hasste es, Verlierer mit leeren Händen nach Hause zu schicken.

„Okay, fein", sagte ich, als das Gemurmel wieder verstummt war. „Als ersten Kampf haben wir dann wohl den Herrn Elf gegen die Dame Al'Zarnara. Denn ich befürchte, Herr Sel'Banis wird sich schwerlich mehrere Runden lang zurückhalten können." Daraufhin nickte der Elf mir ernst zu. Die Frau zeigte keinerlei Regung. „Frau Al'Zarnara, seid ihr mit der Paarung einverstanden?"

Sie fing erneut meinem Blick mit ihren unglaublichen Augen auf, blinzelte einmal und schwebte dann einige Meter nach vorn.

Schwebt die wirklich? Oder ist das nur die bodenlange Aba, die das so aussehen lässt?

Der Elf trat ebenfalls vor und zog seine Schwerter. Beide Klingen begannen sanft in Violett zu leuchten und ein leichter Schimmer — ebenfalls in dieser Farbe — umgab den gesamten Mann.

Ich zog mich zurück, bis ich den Rand des Duellplatzes erreicht hatte. „Lady Samira? Bereit?"

Sie zog die Hände aus den Ärmeln der Aba und legte sie auf ihre Säbelgriffe. Dann blinzelte sie zustimmend.

„Gut. KÄMPFT!"

Elitegemetzel

SAMIRAS SÄBEL SPRANGEN von selbst in ihre Hände, als der Elf seinen Angriff ausführte. Schlanke Elfenschwerter trafen auf Diamant, und es sprühten violette Funken. Er setzte nach, wieder in eine perfekte Verteidigung hinein, dann parierte er meisterhaft eine Riposté und stach blitzschnell zu. Die Dame aus der Najeb konnte nicht gänzlich ausweichen, und schon färbte das erste Blut die schwarze Kleidung.

Die kämpft in voller Gewandung. Sieht allerdings nicht so aus, als ob sie das großartig behindert. Außerdem ist das Elfenschwert ziemlich fett.

Der Treffer hatte sie über 15 % TP gekostet. Rakin setzte ein weiteres Mal nach, seine Klingen wurden zu dünnen, violetten Schatten. Doch ihre Säbel malten nun eine Wand aus Diamant zwischen die beiden — außer zwei Halb-Treffern, die sie noch einmal 10 % TP kosteten, konnte der

Elf nichts weiter anrichten.

Dann hatte er seine Primär-Techniken durchgespielt. Er legte noch die eine oder andere kleinere hinterher, ebenfalls schnell und gekonnt, doch nun begannen die Säbel ihr Muster zu verändern. Waren sie eben noch defensiv geflogen, so sah ich jetzt, dass das eine oder andere Mal eine diamantene Spitze gen Wüstenelf zuckte. Der war schnell, konnte den meisten Stichen entgehen, ein paar saßen allerdings. Sie kosteten ihn nicht viele TP, waren auch nicht zahlreich genug, um ihn deutlich unter 90 % LE zu treiben, doch er wurde getroffen. Bronzefarbenes Blut färbte die gläserne Kettenrüstung.

Als die Abklingphasen seiner Techniken abgelaufen waren, legte er erneut richtig los. Sofort befand sich Frau Säbelkämpferin wieder in der Defensive. Sie verlor weitere 20 % TP durch einige Fast-Treffer und wurde an den Rand des Duellplatzes gedrängt. Beinahe wäre sie aus dem Kreis geworfen worden — was eine klare Entscheidung in diesem Kampf bedeutet hätte –, doch sie entging der Niederlage in letzter Sekunde durch einen Sprung nach rechts. Nach einer anschließenden Rolle, die sie direkt nach dem Manöver wieder aufrecht in Kampfposition gehen ließ, fixierte sie ihren Gegner erneut mit diesen unglaublichen Augen. Auch wenn sie sich dabei einen Treffer des linken Elfenschwertes eingefangen hatte — ihre TP befanden sich nach wie vor oberhalb von 40 %.

Die verliert. Der Elf lässt sich jetzt Zeit, bis seine

Techniken wieder einsatzbereit sind, dann bringt er sie an den roten Bereich heran. In der Folgesequenz ist sie tot.

Denn danach sah es aus. Herr Wüstenelf setzte offensichtlich eine sehr zielführende Kampftaktik gegen die Säbelschwingerin ein. Sie kam nicht dazu, ihn vernünftig anzugreifen — von ihrer recht uneffektiven Stichelei einmal abgesehen.

Mit 'nem Schildkämpfer wird der Probleme haben. Aber gegen 'ne beidhändige Defensivkämpferin...

Nachdem er ein paar Sekunden getänzelt war, tat er das, was ich vermutet hatte: Er zischte auf sie zu, knallte ihr seine nächste Angriffssequenz rein und brachte sie damit unter 20 % TP. Dann hielt er den Druck aufrecht. Dass er sich dabei einige Säbelstiche einfing, die ihn selbst noch einmal 25 % TP kosteten, störte ihn nicht weiter.

Kunststück. Gleich sind seine Techniken wieder einsatzbereit, dann ist sie platt. 5, 4, 3, 2...

Ein Ruck ging durch den Elfen. Sein Blick war verwundert, ja, schon verstört, als er sich offensichtlich unwillkürlich zusammenkrampfte. Er kippte vornüber und starb dann mit vollkommen fassungslosen Gesichtsausdruck. Das konnte ich gut sehen — seine TP rasten innerhalb von drei Sekunden aus dem mittleren, grünen Bereich gen Null. Dort blieben sie dann. Samira war zur Seite getänzelt, damit Herr Elf freie Bahn zum Fallen hatte, und ging nun in Knie. Mit zwei geschickten Bewegungen trennte sie seine Ohren ab und ließ diese in ihrem Inventar verschwinden. Dann erhob sie sich und verneigte sich in meine Richtung.

Gift. Jede Wette. Ist das zulässig?

Diese Frage stellte sich offenbar auch die Ork-Security. Die beigen Kollegen waren vom Kampfende absolut nicht angetan — das vielstimmige Grunzen klang da sehr deutlich. Gute 20 Mann versammelten sich in Windeseile um die Südländerin. Der Dickste von ihnen

Bragg Hefta. Dikka Tanka. Level 48. At War. Offizier.

versuchte, ihr kräftig auf die Brust zu tippen. Dem wich sie zwar aus, doch seinen Spruch ließ Bragg trotzdem ab: „Sah voll gecheetät aus, Mädäl! Erklär' ma!"

Ich drängelte mich von hinten durch die beigen Brecher — und Brecherinnen –, denn ich wollte diese Erklärung ebenfalls sehr gern hören.

„Das ist mein Kampfstil", vernahm ich eine leise Stimme, als ich die Dame erreicht hatte. Nebenbei wedelte ich zwei Orks zur Seite, die sich mit erhobenen Kriegskeulen hinter ihr aufgebaut hatten.

„Meine Waffen sind die ‚Skorpionschwänze'. Einzigartige Klingen, die ihren Gegner durch eine bestimmte Anzahl von zugefügten Stichen zu töten vermögen. Die Anzahl der benötigten Stiche variiert von Gegner zu Gegner — der Elf war sehr gut. Ich musste ihn 38 Mal treffen, um ihn zu besiegen. Wäre er zum Ende hin nicht ungeduldig geworden, so wäre ich es, die nun am Boden liegen würde." Sie verneigte sich nach diesen Worten erneut.

Öh...

Alle Orks guckten wie Goblins. Ich mit Sicherheit auch.

„Is dat dann okäy, Boss?", fragte Bragg unsicher. Die anderen Securitys wirkten ebenfalls sehr interessiert.

Woher soll ich das wissen, Kollege?

„Das will ich nicht einfach so entscheiden, Bragg", erwiderte ich. „Weder ich noch ihr müsst gegen die Dame kämpfen, wenn sie jetzt nicht gezergt wird. Ich möchte gern die Meinung der restlichen Kontrahenten dazu hören. Öffnet bitte mal den Kreis."

Grunzend lockerte sich der Ork-Kordon auf. Nun konnte ich die anderen sechs Turnierteilnehmer sehen und ansprechen.

„Wir haben einen Sonderfall", erklärte ich mit lauter Stimme. „Samira hier" — ich deutete auf die Südländerin — „besitzt einzigartige Waffen, die ihren Gegner nicht über Trefferpunkte töten, sondern über die Anzahl der getroffenen Stiche. Je dicker der Gegner, desto mehr Stiche sind nötig, wenn ich das richtig verstanden habe." Ich sah zu Samira, und sie nickte.

„Das ist nicht wirklich normal", fuhr ich fort, „aber ich muss nicht gegen sie kämpfen, sondern ihr. Wenn ich es richtig heraushöre, hatte der Elf durchaus eine Chance, hat diese aber versaut. Deshalb wird sie nicht gezergt, außer ihr beschließt das einstimmig. Ansonsten gilt: Mehrheitsentscheid, ob sie weitermachen darf, oder nicht. Ich höre."

Mein Blick ging rundum. Furrn hob sofort den Daumen. Klar — der Kampfstil dieses Orks würde es der Dame schwermachen, ihn mit ihren viel kürzeren Klingen überhaupt zu erreichen. Er kämpfte mit seinen Speltern ähnlich wie sie, nur waren seine Waffen dreimal so lang wie ihre. Duncan, den ich als Nächsten ansah, schüttelte den Kopf.

Auch klar. Das ist ein Lendarier. Bei denen gilt die Ehre alles, und diese Nummer ist zu hart an Gift für ihn.

Die Amazone zuckte die Schultern, Kiso meditierte weiter und die Nordfrau hob den Daumen. Fehlte noch Kiran.

„Zwei zu Eins bei zwei Enthaltungen. Entweder du sorgst für ein Patt, oder sie ist dabei", informierte ich ihn. Nicht, dass er nicht ebenfalls zählen konnte.

„Sie ist dabei", antwortete er nach ein wenig Nachdenken. „Es geht hier um den ‚Wahren Krieger'. Jemand, der das werden will, muss auch mit einzigartigen Waffen zurechtkommen."

„Alles klar. Ändert jemand seine Meinung? Nein? Sehr gut. Erste Siegerin der ersten Runde: Samira Al'Zarnara!"

Die Dame verbeugte sich abermals — erst vor mir, dann länger und tiefer vor Kiran. Nachdem sie sich wieder erhoben hatte, wandte sie sich an Bragg. „Die Schwerter sind für das Haus. Die

Rüstung und den Schmuck hätte ich gern — wenn ihr sie zusammenpacken würdet? Die Leiche könnt ihr verwerten."

„Grunz?" Bragg sah fragend zu mir, und ich vollführte eine bestätigende Geste. Schon legten die Orks los. Samira begab sich derweil wieder an den Rand des Duellkreises.

Zwei Minuten später steckten zwei violette Elfenschwerter neben mir im Sand, und das Kampffeld war wieder frei. Ich sah prüfend nach rechts und links — alles war klar, alle warteten. „Okay. Nächster Kampf. Wer mag?"

Duncan trat vor, blickte zum größten Beigeling vor Ort und zog seine Waffen. „Herr Ork-Boss? Darf ich bitten?"

„Klaa." Furrn grinste, seine Spelta sprangen in seine Hände und der dicke Ork betrat den Kreis. Ich sah zu, dass ich wegkam. Die Elfenschwerter nahm ich allerdings mit.

Mit Sicherheit Legendär, die Dinger. Porter, wir kommen!

Kaum war ich erfolgreich geflüchtet, ging es auch schon los.

Duncan hob seinen Schild, seine Schwertspitze blieb jedoch auf Fußhöhe. Offensichtlich wollte er den Ork kommen lassen, doch der spielte nicht mit. Furrn war ein defensiver Kämpfer — eine Seltenheit bei Orks. Er ließ seine Riesenklingen zwar langsam vor sich kreisen, doch er griff den Lendarier nicht an. Also tanzten sie ein wenig. Wobei, tanzen... sie bewegten sich eher leichtfüßig umeinander herum. Um wirklich zu tanzen, waren sie nämlich zu schwer.

Nach guten 30 Sekunden geschah etwas. Auf einen Probeschlag des Orks, der sauber geblockt wurde, folgte ein Ausfall von Duncan. Der blieb allerdings an der mir schon bekannten Wand aus wirbelnden Speltern hängen, die Furrn mittels seiner Klingen aufbaute, wenn es ihm ans Leder ging. Der Lendarier kam nicht durch, und schon umkreisten sie sich wieder.

Derart verlief der Kampf während der nächsten Minuten. Sie tasteten sich ab, probierten Taktiken aus — doch wirklich viel passierte nicht. Die ersten Pfiffe aus den Orkreihen schallten herüber, doch weder Furrn noch Duncan reagierten darauf. Sie machten einfach weiter, auch wenn ich meinte, dass sich die Geschwindigkeit, mit der die orkischen Riesenschwerter geschwungen wurden, sukzessive erhöhte.

Wenn das so bleibt, wird das ein Ausdauerspiel und gar kein richtiger Kampf.

Ich wechselte einen Blick mit Kiran. Der gähnte. Frau Amazone reinigte ihre Fingernägel — *sehr sympathische Angewohnheit* –, Frau Vahlen-Kämpferin trank Bier. Kiso meditierte weiter — lediglich Samira verfolgte jede Bewegung der derzeitig aktiven Kämpfer mit höchst aufmerksamen Blicken.

Die ist sehr erpicht darauf, zu gewinnen. Das ist eine Schwäche.

Kiran hatte diese Kleinigkeit mit Sicherheit ebenfalls bemerkt. Falls nicht, würde ich es ihm nach diesem Kampf zuflüstern.

Während der nächsten beiden Minuten nahm das Duell endlich an Tempo auf. Die beiden tauschten mehr Schläge aus, Furrn begann grün zu leuchten und Orkstahl schlug auf Stein. So klangen jedenfalls die Geräusche, wenn die Waffen sich trafen oder einer der großen Spelter des Orks geblockt wurde.

Die sind beide ziemlich gut. Das Leuchten ist aber 'nen Special von Furrn — dadurch wird der immer schneller. Mal gucken, ob der Lendarier mithalten kann.

Er konnte nicht, wie ich an ihren Trefferpunktbalken deutlich zu erkennen vermochte. Soeben rutschte er unter 50 % TP, während Furrn noch bei fast 70 % Leben war. Der Ork zeichnete seine Defensivmuster vor sich in die Luft, und Duncan war nicht in der Lage, auch nur einen guten Treffer anzubringen. Zwar war es ihm möglich, fast jede kurz aus der Spelterwand herauszuckende Attacke zu blocken, doch ‚fast jede' war halt nicht ‚absolut jede'. Ork Spelter machten guten Schaden. Auf jeden Fall mehr als Bastardschwerter, die zudem nicht gut trafen. Außerdem war der Ork auch der härtere Typ, wie mir schien.

Auf jeden Fall ist Furrn stärker, und mittlerweile auch schneller. Duncan wird untergehen, wenn er nicht irgendwas macht.

Nachdem er 15 weitere Prozentpunkte an TP verloren hatte und der Ork nach wie vor satt über der Hälfte seinen eigenen war, erschien es mir, als ob Duncan mich gehört hätte. Er wechselte seinen

Kampfstil.

Der Lendarier ist ein Voll-Profi, aber Furrn ist durch sein Special einfach SCHEISS-Gut. Kiran hat schon recht: Dieser Ork verdient es, hier dabei zu sein.

Auch wenn er nun in Schwierigkeiten kam. Duncan ging in die Offensive, unterlief beide Spelterklingen, wobei sich seine TP aufgrund von Fast-Treffern um weitere 10 % reduzierten, und knallte Furrn seinen Schild in die Fresse. Anschließend ging er richtig nah auf Tuchfühlung, machte eine Handbewegung mit dem rechten Handgelenk, und eine lange Spitze fuhr hinten aus dem Knauf seines Bastardschwertes aus. Die stach er dem Ork dann in die Seite. Mehrfach. Schnell. Furrns TP rasten nach unten.

Sehr guter Trick. So dicht aneinander können die ihre langen Klingen nicht mehr einsetzen. So hat er die einzige, verfügbare Waffe. Bye, Bye, Furrn.

Oder auch nicht. Der dicke Ork brüllte auf, zog sein rechtes Bein vor die Brust und trat zu. Das konnte Duncan zwar lässig blocken, doch der Körperkraft Furrns war er nicht gewachsen. Er musste zwei Schritte zurücktreten. Der Ork setzte sofort die Spelter nach. Einen von links, einen von rechts — voll offensiv, voll durchgezogen.

AUA!

Das konnte der Waffenmeister nicht mehr sagen, denn er vermochte keiner der beiden Klingen zu entgehen. Er hatte noch mit dem Orkfuß zu tun, in dem nun auch sein Bastardschwert steckte — das brachte ihm jedoch nicht viel. Die rechte Klinge fuhr ungebremst in sein linkes Bein, genau an eine Stelle, die aus Gründen der Beweglichkeit nur mit Kette gepanzert war. Sie trennte es sang- und klanglos ab. Der linke Spelter erwischte ihn etwas höher, an der Hüfte. Die Waffe durchschlug den Panzer und hinterließ eine klaffende Wunde.

Duncan sank in die Knie — besser: auf ein Knie — und kippte dann seitlich weg. Damit war der Kampf vorbei. Furrn schüttelte das Bastardschwert aus seinem Fuß und grunzte zufrieden. „Guta Gegna." Er salutierte dem am Boden liegenden Lendarier mit seinem rechten Spelter.

Die Orks applaudierten, doch Kiran hatte offensichtlich den unterlegenen Waffenmeister inspiziert. „Er lebt noch!" rief er. „Ist im ‚Stirbt-Zustand'! Das kann aber nicht mehr lange anhalten!" Er sah zu mir.

Ja, ja.

Ich rannte zu den Kämpfern und bereitete einen Critheal vor. Dabei sah ich zum Ork-Boss. „Furrn — dein Sieg, ganz klar. Darf ich ihn retten?"

Der Kollege nickte. „Sicha. Kömmer dän Kampf dann wiedaholän, irgendwann. Vielleicht issa dann noch bessara Gegna."

„Sehr schön."

Erst das Bein, das blutet wie Tier.

Ich castete den fertigen Spell auf den Oberschenkelrest, und die Blutung versiegte. Dann gab ich ihm eine Erleichterung und castete anschließend die nächste kritische Heilung gen

Beinstumpf. Nun würde das Glied innerhalb der nächsten 24 Stunden nachwachsen — das war ein ganz schön cooler Effekt des Critheals.

An der Leiste isses nur 'ne Fleischwunde, auch wenn die tief ist. Sie ist aber auch schon halb zugeheilt …

Der ‚Stirbt-Zustand' war zum ‚Flatline-Zustand' übergegangen — der Kollege würde überleben.

Ich bin eine Viertel-Kondra! Okay, fast.

Es fühlte sich trotzdem ziemlich gut an, ein Leben zu retten.

Dieses Gefühl genoss ich einige Sekunden lang, dann sah ich mich um. „Bragg?"

Schon stand der stämmige Ork neben mir. „Boss?"

„Der Kollege hier braucht einen eurer Knochensessel. Wenn ihr ihn auf seinen Feldstuhl setzt, kippt er runter. Der ist noch recht lange Flatline — ich will ihn nicht einfach auf dem Boden liegen lassen. Ist das machbar?"

„Sicha, Boss." Er machte ein Zeichen, und vier Securitys hoben den Verletzten hoch.

„Fein." Ich drehte mich wieder um. „Furnn? Kann er seine Waffen und die Rüstung behalten, oder meldest du Ansprüche an?"

„Waffen und Rüstung sind seinä. Aba dän Schmuck will ich sehän."

„Bragg? Mitbekommen?"

„Jo, Boss." Die Orks schleppten den Lendarier samt seinem Kram in seine Ecke und platzierten ihn in Kirans Sessel, den sie ihm kurzerhand geklaut hatten. Anschließend plünderten sie die

Artefakte des Lendariers.

„Sehr schön. Dann bitte Feld freimachen und weiter geht's." Ich gestikulierte bestimmend.

Kurze Zeit später hatten sich wieder alle rund um die Flaschen am Rand des Duellplatzes versammelt. „Wer ist der Nächste?"

Kiran betrat nun den Ring. Er verneigte sich vor der Amazone und sah sie dann direkt an. „Wollen wir es wagen?"

Die Dame hob geringschätzig eine Augenbraue. „Wer auch immer." Sie zog ihre Schwerter, drückte sich aus den Knien heraus ab und flog dann praktisch auf meinen Kumpel zu. Der Sprung ging über mehr als sechs Meter, und sie würde ihn so von oben angreifen können — zumindest, bis sie wieder gelandet wäre. Ich sah mal wieder zu, dass ich aus dem Kreis herauskam.

Kiran sprang ebenfalls. Voll in sie hinein, mit seinem Schild voran. Seine Waffen waren praktisch in seine Hände gesprungen, und seine Manawaffenskills leuchteten hell. Er kassierte während der Aktion zwar beide Elfenklingen in die Seiten, doch mein Kumpel war nicht nur exzellent gerüstet, er war auch der Gilden-Tertiärtank, gleich hinter Erzbart und Sir Alex. Keine 10 % TP verschwanden von seinem Balken, bis sie sich in der Luft trafen. Ihr Zusammenprall klang unangenehm, und sogleich zuckte Kirans Brander einmal kurz nach vorne. Der darauf folgende Treffer sah übel aus.

So richtig aua. Und nu stürzt sie ab wie 'ne abgeschossene Ente.

Leider blieb sie nicht liegen, sondern rollte sich sofort nach hinten weg. Ein knappes Viertel Lebensenergie hatte sie diese Aktion dennoch gekostet. „Dreck, was bist du gut!", zischte sie durch die Zähne, als sie wieder auf die Beine kam.

„Ich habe noch gar nicht angefangen." Kiran aktivierte den ‚One on One' und griff an. Die Elfenklingen flogen erneut, doch nun taten sie es weitgehend defensiv. Mein Kumpel hatte die Initiative übernommen.

Läuft. Die Piercings der Schnalle sind zwar ziemlich sicher magische Rüstschutzitems, doch Kirans Schwert durchschlägt magischen Schutz bis zu einem bestimmten Level. Die leidet jetzt.

Es sah wirklich so aus, als ob die Dame wenig Rüstung tragen würde, als Kirans Brander ein ums andere Mal durch ihre Verteidigung drang. Ich sah die rote Klinge nur noch als Schemen, links zuckend, rechts stechend — die geschlagenen Wunden waren tief. Leanira hatte dem offensichtlich nicht viel entgegenzusetzten. Sie war klar eine offensiv-orientierte Kämpferin, die sich sehr auf ihre magische Rüstung verließ — diese Taktik zog hier nur leider nicht. Die Dame wirkte schockiert, während ihre TP sanken.

Die scheint sogar voll auf ihren Kampfstil festgelegt zu sein. Kann nicht variieren — das sieht ehrlich gesagt etwas hilflos aus bei ihr. Sie mag ein DPS-Monster sein, aber gegen Kiran geht sie ein.

Natürlich traf auch sie — gar nicht so selten, sie war eine exzellente Schwertkämpferin. Ihre Elfenklingen waren auch gute Waffen, ritzten

Kirans Rüstung ein ums andere Mal, nur um sofort aus einem anderen Winkel heraus wieder um sein Schild herum zu wirbeln. Doch praktisch ungerüstet gegen jemand von Kirans Kaliber kämpfen zu müssen... Das lief nicht. Diese Tatsache begriff sie nun auch. Sie fluchte wie ein Rohrspatz. „Dreckiger Cheater! Orks, macht was!"

Im Hintergrund bekam ich mit, wie der Samurai hochsah. Er öffnete die Augen, winkte die Security aus seinem Blickfeld — die tatsächlich Platz machten, obwohl sie mit dem Rücken zu ihm standen — und beobachtete den Kampf.

Groß rühren tut er sich trotzdem nicht. Aber nun ist er wenigstens anwesend. Er ist auch als Nächster dran.

Kiran machte weiter Druck. Er hatte die Amazone schon unter 20 % TP getrieben, während er selbst noch bei fast 60 % war. Er traf erneut. Nun rutschte sie in den roten Bereich.

„Ich dachte, das ist ein faires Turnier hier! Der cheatet wie bescheuert! Tut endlich was!", brüllte sie. Sie verteidigte sich nun nur noch.

„STOP!", rief ich aus. „KAMPFUNTERBRECHUNG!"

Kiran trat einen Schritt zurück und nickte. Er ließ Leanira trotzdem nicht aus den Augen, und die Dame fuhr sofort verbal hoch.

„Der ignoriert meine Rüstung!", beschwerte sie sich lautstark. „Das kann nicht in Worguns Sinne sein!" Ihr linkes Schwert steckte sie derweil in den Sand und ein Trank erschien in ihrer Hand.

„Wenn ihr den trinkt, disqualifiziere ich euch",

sagte ich streng. „Keine Buffs, keine Heiltränke. Wir wollen faire Kämpfe."

„Fair am Arsch! Disqualifizier erst mal den da!" Sie deutete auf Kiran. Der Trank verschwand allerdings wieder.

Ich betrachtete derweil die Lebensenergiebalken der beiden. Dass Kiran keine Regenerationsfeatures besaß, wusste ich. Bei der Amazone schien es ähnlich zu liegen, dementsprechend hatte ich etwas Zeit.

„Gut. Was genau ist euer Problem?" Ich sah die Kämpferin fragend an. Sie schnaubte.

„Mein Problem ist, dass der Penner da" — sie deutete erneut auf Kiran — „mein legendäres Piercing-Rüstungsset einfach ignoriert. Das ist Cheaterei!"

Die is' ja mal angepisst.

„Auf welchem Spellgrad liegt euer Rüstschutz? Vergleichsweise?"

Und damit haben wir die Situation wahrscheinlich schon geklärt.

„Auf dem Fünften! Das ‚Set der vielen Ringe' ist total gut!" Sie spuckte aus und richtete den einen oder anderen Piercingring.

„Ah." Nun wurde es doch etwas unklar. Ich drehte mich also zu Kiran um. „Dein Brander wirkt bis Level 4? Erinnere ich mich richtig?"

„Seit dem Upgrade bis Level 5. Was glaubst du, warum das so teuer war?"

„Verstehe." Ich wandte mich wieder an Leanira. „Also, Frau Amazone: Kiran der Unglaubliche heißt nicht nur so — er ist tatsächlich unglaublich. Ein kleiner Teil davon definiert sich über seine Waffe, den ‚Brander‘. Dieser ist Legendär und durchschlägt jeglichen magischen Schutz bis Level 5, als wäre er nicht vorhanden. Alles klar?“

Nun wurde sie unsicher. „So was gibt‘s?“ Sie musterte Kirans knallrote Klinge kritisch.

„Jep. Kein Cheat, nur Ausrüstung. Wenn ihr die ‚Wahre Kriegerin‘ sein wollt, müsst ihr mit so etwas klarkommen. Ich werde den Kampf weiterlaufen lassen, sobald wir hier fertig sind.“

„Danke, kein Interesse. Dieser High-Level-Scheiß ist zum Kotzen!“ Sie steckte ihr rechtes Schwert weg, zog das linke aus dem Sand und ließ es ebenfalls in seiner Scheide verschwinden.

Und das sagst du als Dame mit dem legendären Rüstungsset. Das macht dich im Normalfall vermutlich oberdick, und du bist jetzt einfach nur angepisst, weil es hier nicht funktioniert. Na, ja — egal.

„Ihr zieht euch also zurück?“

„Sieht so aus, was? Blödes Männerduell! Blöder Männergott! Ihr seid alle Arschlöcher! Ihr könnt mich mal!“ Sie spuckte erneut aus.

Ich warf einen Blick zu der Nordfrau, die kichernd ihr Bier austrank. Samira hingegen fand den Amazonen-Spruch wohl nicht ganz so lustig. Sie legte ihre Hände an die Säbel und wollte etwas sagen, doch bevor sie den Mund aufbekam, machte es ‚Puff‘ und die Amazonenkriegerin war wegteleportiert.

Oder so.

„Dritter Sieger der ersten Runde: Kiran der Unglaubliche!" Ich deutete huldvoll auf meinen Kumpel, und die Orks applaudierten. Kurz — denen wurde schon wieder langweilig.

„Supa. Geht's dann weita?"

„Cooläs Schwärt. Will ich mähr von sehän."

Ich brachte die Horde mit ein paar Handbewegungen zur Ruhe. „Okay. Alle wieder runter vom Duellplatz und die letzten beiden Kämpfer bitte vortreten. Herr Samurai? Astrid?"

Kiso schloss erneut seine Augen.

Was soll das denn?

Diese Frage wurde jedoch sofort beantwortet. Die Nordfrau, die sich den Feldstuhl von Duncan gemopst hatte, winkte ab. „Ich bin raus. Ich wollt' nur gucken, wie meine Chancen stehen. Aus dem Haufen hier schaffe ich Duncan, Samira und vielleicht Furrn — Kiso bringt mich um. Wenn ich die ‚Erwählte Kriegerin' behalten darf, ist alles gut für mich. Macht mal schön weiter. Und du, Worgun-Vertreter — hast du noch ein Bier?"

„Klar." Ich füllte ihr einen großen Humpen ab und brachte ihn ihr.

„Danke", sagte sie mit einem Lächeln. „Das Zeug ist echt nicht übel. Wo bekommt man das?" Die Dame war ganz schön charismatisch, wie mir nun auffiel.

„Bei der Donnerschlag-Brauerei, im Zwergenkönigreich ‚Blauer Berg'. Die geben gute Rabatte bei Massenabnahme."

„Alles klar. Sag' ich nachher gleich mal meinem Yarl. Geht's jetzt weiter?" Sie lehnte sich auf ihrem

Feldstuhl zurück.

Sehr entspannte Dame. Das ist das einzig Positive an Vahlen — die nehmen das Leben nicht so ernst wie alle anderen. Ansonsten sind sie allerdings größtenteils 'ne Bande von Arschlöchern.

Ich nickte ihr trotzdem zu, bevor ich mich umdrehte und wieder meine Ansaga-Position einnahm.

„Okay. Feld frei, alle bereit machen. Wir kommen zur nächsten Runde. Herr Hisayoshi — Ihr habt in Runde Eins ein Freilos gezogen. Insofern beginnt Ihr nun die zweite. Wählt einen Gegner." Ich sah zum Samurai, und dessen Augen öffneten sich wieder.

Semi-Finals

KISO ERHOB SICH. Er schenkte mir den Ansatz eines Nickens, richtete sein Dai-Katana und überprüfte anschließend in aller Ruhe den Sitz seiner stählernen Panzerhandschuhe.

Das sind Spezialanfertigungen. Die Dinger sind beweglich, haben aber trotzdem dicke, blaue Metallschuppen als Panzerung an den Hand- und Fingerrücken. Allerdings besitzen sie wohl keine Spitzen oder Schneiden oder sowas. Interessante Teile. Die sehen fast so gut aus wie sein Katana.

Lediglich die Handkanten dieser Ausrüstungsstücke waren mit einer rötlichen Schiene versehen.

Genau derselbe Rotton wie die Klinge von Kirans Brander...

Vermutlich waren die Dinger mehr als bloße Rüstung. Zumal der Typ ansonsten auch nur lackiertes Holz und natürlich seine Waffen trug.

Als ich diesen Gedankengang abgeschlossen hatte, war er auch fertig mit seinen Vorbereitungen. Er trat in den Kreis, sah Samira an und verneigte sich vor ihr. Ganz leicht nur, doch er tat es.

Wenn die Tiefe seiner Verneigungen immer seinen jeweiligen Respekt vor seinem aktuellen Gegenüber widerspiegeln, wie bei den alten Original-Samurai — dann respektiert der Penner Samira etwa fünfmal mehr als mich.

Da stand ich drüber. Total. Ganz bestimmt.

Nebenbei bekam ich mit, wie die schwarzgekleidete Wüstenkriegerin sich ebenfalls verneigte. Das tat sie deutlich tiefer als Kiso, dann schwebte sie in die Kampfzone. Wieder lagen ihre Hände auf ihren Säbelgriffen, wieder blinzelte sie zu mir herüber. Die Dame war bereit.

„Herr Hisayoshi? Auch bereit?" Er sah danach aus, aber fragen musste sein. Diesmal erhielt ich sogar eine Antwort.

„Der Krieger, der es sich gestattet, auch nur für den Flügelschlag eines Schmetterlings lang in seiner Bereitschaft nachzulassen, ist gut beraten, sein Katana zur Pflugschar zu schmieden, um dem Drachen somit auf andere Art zu dienen", wisperte er. Seine Stimme klang leise und wohlmoduliert — fast schon geschult. Er sah mich dabei nicht an, sondern fixierte weiterhin Samira.

Ich musste mir seinen Spruch dreimal gedanklich vorsagen, um zu dem Schluss zu gelangen, dass er meine Frage wohl bejaht hatte. Glücklicherweise fiel das nicht weiter auf. Die Ork-

Security hatte auch nicht mehr geschnallt als ich.

„Hä? Wat meint der? Imma breit is doch auch doof."

„Nä, dat isses nicht. Der mäint, dat man kain Schwärt braucht um 'nen Drachän zu hauen. Hackä geht auch."

Ich vermutete, dass Kiso dann doch etwas anderes gemeint hatte, doch bereit schien er tatsächlich zu sein. Ich rief also die Orks zur Ruhe und verließ dann den Kreis. „KÄMPFT!"

Es geschah erst einmal nichts. Die beiden standen sich weiterhin gegenüber und starrten sich an. Das taten sie eine gute Minute lang, dann trat Kiso einen Schritt nach rechts. Samira spiegelte seine Bewegung zur Linken, und wieder blieben sie stehen, um sich zu mustern. Weitere zwei Minuten lang. Dann kam der nächste Schritt, nun von ihr. Diesmal spiegelte Kiso, schon verharrten sie erneut. Das dauerte offensichtlich länger. Mir wurde langweilig.

„Macht ma hinnä!", kam auch schon von links.

„Starrän kann ich bessa als ihä!", war ebenfalls zu hören, dazu noch einiges weiteres ungehaltenes Gegrunze.

Selbst Furrn schien verwundert — offenbar war ich nicht der Einzige, dem dieser Kampf etwas zu langsam lief. Ich machte also ein paar auffordernde Handbewegungen zu den Orks — das wurde verstanden, und schon begannen sie damit, beide Kämpfer lautstark auszubuhen.

Das würde mir jetzt tierisch auf die Nerven gehen, wenn ich da im Kreis stehen würde. Sollte was bewirken.

Schöner Gedanke — das fand ich jedenfalls –, aber leider ein falscher. Die Orkhorde wurde immer lauter, begann sogar, Müll in unsere kleine Arena zu werfen, doch die beiden Kämpfer ließen sich nicht ablenken. Weiter umkreisten sie sich, Schritt für Schritt, ihre zeitlupenartigen Bewegungen wurden nur sehr zögerlich schneller. Erst nach knappen zehn Minuten hatten sie normale Schrittgeschwindigkeit erreicht, und mir reichte es. Ich goss zwei Bier ein und sah zu Astrid. Kiran stand als Saufkumpan ja leider nicht zur Verfügung — er war der Einzige hier, der jede Bewegung der beiden im Kreis befindlichen Fighter genauestens abcheckte. Die Vahlen-Dame hingegen hing nach wie vor gemütlich im Feldstuhl ab und hatte ein wenig ‚mitgebuht'. Außerdem war ihr Bier leer — das konnte ich sehen. Also trat ich zu ihr.

„Auch noch eins?"

Sie griff sich den hingehaltenen Humpen. „Sicher. Danke." Dann lächelte sie mich an und deutete nach vorn. „Voll die Langweiliger, die beiden, oder was meinst du?" Wir stießen an.

„Stimmt schon", antwortete ich. „Allerdings ist Samira wirklich gut, wie wir schon gesehen haben. Und dieser Kiso bewegt sich wie fließendes Wasser. Ich denke, wir schauen dem Kampfauftakt zu, der allerdings — da hast du total recht — unglaublich langweilig ist."

„Du bist ja ein Schwätzer, Mann. Sowas wie ‚Jep, Astrid' hätte gereicht." Sie stieß erneut mit mir an und grinste.

Vahlen, ey. Wobei die echt nett ist. Charisma 18? 19?

„Ich bin Gildenchef. Da gehört Schwatzen zum Beruf", parierte ich lächelnd.

Nun wurde sie aufmerksam. „Oh, hier gibt's Gilden? Was ist das genau?"

„Große Organisation. Mehrere Dutzend, bis einige hundert Leute — oder manchmal auch noch mehr —, die zusammenarbeiten, um ein gutes Leben zu haben. Da gibt es hier im Süden recht viele von."

„Wow! Du bist ein Thane. Siehst gar nicht so aus."

Ich lachte. „Ne, du, eure Thanes sind anders. Das hat Ari ziemlich klar gemacht, als er mich aus eurem Land geworfen hat."

„Du kennst Ari den Haiwürger und lebst noch? Als Ausländer? Wie das?" Offenbar hatte ich sie beeindruckt, denn nun wanderten ihre Augenbrauen nach oben.

„Schnelle Zunge und Glück. Aber guck mal, die da vorne kommen zu was."

Auf dem Kampffeld tat sich mittlerweile etwas mehr. Sie bewegten sich schneller, Samira hatte ihre Säbel gezogen und Kiso hielt karatemäßig die gepanzerten Hände vor dem Körper. Dann begann die Najeb-Kriegerin damit, ihre Diamant-Muster zu zeichnen. Die Säbel flogen, die Füße ebenfalls und es wurde schnell. Die Dame agierte nun verhältnismäßig offensiv. Sie glitt immer öfter an Kiso heran, ließ ihre Säbel wie Schlangen vorzucken, um ihre Stiche zu setzen — und scheiterte ein ums andere Mal an einem Panzerhandschuh.

Kiso parierte in unmenschlicher Geschwindigkeit. Seine Hände flogen, seine Handrückten knallten auf die Säbelklingen, wann immer ihm eine ihrer Spitzen zu nahe kam. Zuerst waren es nur kurze Sequenzen: Samira glitt vor, die Säbel zuckten — Kisos Hände daraufhin auch. Zwei, drei Sekunden dauerte solch eine Berührung — dann trennten sie sich wieder, um sich erneut zu umkreisen.

Wird spannender. Wobei es bislang recht ausgeglichen aussieht, würde ich sagen. Mr. Samurai hat sein Schwert allerdings noch gar nicht gezogen...

Das hatte er offensichtlich auch nicht vor. In den nächsten Minuten wurden die ‚Stich/Parade'-Sequenzen häufiger und das dazwischenliegende Umkreisen kürzer. Nun war es eine Freude, ihnen zuzusehen. Unsere Ork-Security hatte wieder auf leise geschaltet, und selbst Astrid starrte nach vorn.

„Scheiße. Ich glaub' ich schaff nich' mal Samira", flüsterte sie.

„Könnte sein. Die sind beide scheiß-gut."

Die Südländerin landete nun Treffer. Nicht oft, doch sie hatte ihr Muster derart verändert, dass Kiso in Schwierigkeiten geriet. Noch sollten es kein halbes Dutzend Stiche sein, die sie dem Samurai bereits verpasst hatte, doch sie sammelte.

Bei Kiso wird sie mehr Treffer brauchen als beim

Elfen. Steter Tropfen höhlt allerdings den Stein. Bin gespannt, wann es Mr. Samurai zu blöde wird und er sein Schwert zieht.

Das schien allerdings nach wie vor noch zu dauern. Die Dynamik des Kampfes setzte sich fort, und für einige Minuten sah es so aus, als ob Samira langsam die Oberhand gewinnen würde.

Die wird schneller und offensiver. Beginnt sich sicher zu fühlen und will gewinnen. Wird ungeduldig...

Zehnter Treffer. Elfter, zwölfter, dreizehnter — dann geschah es. Mitten in einer Schlagsequenz zuckte der Samurai vor. Er fing sich vier weitere Stiche ein und ließ währenddessen seine Handkante auf die Schläfe der Südländerin krachen. Der Treffer klang wie eine einschlagende Axt, und die Dame fiel daraufhin um wie eine gefällte Weide.

Kiso trat zurück, prüfte offensichtlich, ob sie liegen blieb — das war der Fall — und sah dann zu mir. „Herr Nang?"

Wow. Der hat ihre eigene Kampftaktik gegen sie eingesetzt... krass.

„Sie liegt zehn Sekunden — dann habt ihr gewonnen", erwiderte ich. Er nickte. Zehn Sekunden vergingen, sie stand nicht auf.

„Erster Sieger der zweiten Runde: Kiso Hisayoshi." Ich verbeugte mich und deutete auf den Samurai.

Die Orks applaudierten brav. Furrn sah allerdings gar nicht glücklich aus, als er Kisos leichtfüßigen Abgang verfolgte. Dieser hatte sich noch einmal — ziemlich tief — vor der liegenden Samira verneigt und ließ sich nun am Rand des Duellfeldes auf die Knie nieder. Seine Augen blieben allerdings offen.

Krasse Aktion. Weiter geht's.

„Bragg? Die ist nur ausgeknockt", ließ ich meinen soeben ernannten Vormann wissen. „Legt sie hier neben mich und räumt den Müll vom Feld."

„Grunz." Die Putz-Security machte ihren Job. Fünf Minuten später war wieder alles bereit. Nachdem der letzte Ork das Feld geräumt hatte, sah ich zu Furrn und Kiran. „Ihr zwei beschießt die Runde. Will einer von euch zurückziehen?"

Beide ließen mich sehr deutlich wissen, was sie von dieser Frage hielten. Kiran ignorierte sie schlichtweg, legte seinen Schild an und trat aufs Feld. Er begann zu leuchten.

Furrn grunzte mich an: „Ich hab' Monatä um Monatä hier drauf gewartät. Ich würd' selbst kämpfän, wänn ich tot wär`!" Er zog seine Spelter und betrat ebenfalls den Duellkreis.

„Hab' ich mir gedacht", gab ich halblaut von mir und wartete, bis die beiden ihre Ausgangspositionen eingenommen hatten. Kurz darauf sahen sie auffordernd zu mir.

Das wird jetzt wieder dieses Leuchtspiel, bei dem man gar nix sieht. Gut, dass ich noch Bier hab'.

Ich trat aus dem Kreis. „KÄMPFT!"

Kiran zog den Brander. Langsam, fast schon gepost verließ die Waffe ihre Scheide und leuchtete in ihrem rötlichen Glanz. Die Orks jubelten, was

Furrn eine hochgezogene Augenbraue entlockte. Er ließ die Spelta kreisen und sein grünliches Glimmen begann.

„FRÄSSÄ, IHR PÄNNA!", grunzte er dabei ziemlich kehlig. Dann, leiser, zu Kiran gewandt: „Willstä mich totscheichän?"

„Nein. Das Publikum mag meine Waffe. Deine Jungs sollen ja was zu sehen bekommen, bevor es jetzt gleich wieder schnell wird."

„Pah. Die findän nur dat Leuchtän geil, wenn das diesä Schlier'n hinta sich härzieht beim Schlag. Isses auch, trotzdem biste jätzt platt." Furrn griff an.

Die Spelter wirbelten, Kiran blockte — diese beiden beschnupperten sich nicht und gingen sofort in die Vollen. Schon strahlte auch der silberne Schein von Kirans ‚One on One'-Begabung. Er vermischte sich mit Furrns grünem Leuchten und die Schemen der Kämpfer begannen zu verschwimmen. 30 Sekunden später waren sie nicht mehr zu sehen. Nur noch zwei Strahlende Sphären — eine in Silber, eine in Grün — konnte ich dabei beobachten, wie sie umeinander herumwirbelten.

Genau wie damals in der Steppe. Jetzt tanzen die zwei, drei Minuten lang — dann stellen sie wieder fest, dass sie sich ebenbürtig sind. LANGWEILIG!

Ich trank einen Schluck Bier. Dabei fiel mir auf, wie Kiso sich erhob. Er legte die rechte Hand an sein Dai-Katana und orientierte sich. Der Typ wirkte von jetzt auf gleich aufmerksam — nur dass diese Aufmerksamkeit nicht dem Kampf galt. Er sah zu mir.

Hä?

ACHTUNG! Ein befristet Beschäftigter Lattes hat mit Nachdruck das heilige Wort gedacht! Langeweile geht gar nicht, deshalb gestattet der Gott einem seiner Kollegen — Baal — noch während Lattes Belegungszeit ein klitzekleines Höllentor in der Arena der Götter zu öffnen. Viel Spaß!

HÄ?

Ich sah nur einen Anflug von etwas Knallrotem neben mir. Dann hörte ich ein ‚PUFF'. Anschließend war das Rote wieder weg und an seiner Stelle standen:

Maxmessimuß. Kriegerdämon. Elite. Level 50. Fünfte Hölle. Legionari.

Nazdrerverdruß. Kriegerdämon. Elite. Level 50. Fünfte Hölle. Legionari.

Und natürlich:

Kurzprozessus. Dämonenlord. Boss. Level 50. Fünfte Hölle. Legionari. Offizier.

Ach, fuck.

Sie standen keine zwei Meter von mir entfernt, und es kam mir so vor, als ob sie mich alle drei angrinsten. Der Lord maß locker drei Meter — sah ein wenig aus wie ein mutierter Godzilla in Rot. Also wie eine riesige Echse, die, im Gegensatz zum Manga-Vieh, viel zu viele Ecken und Kanten hatte. Der Penner grinste tatsächlich — mit einer Fresse voller dolchartiger Zähne. Seine Klauen — er besaß vier davon, an vier Armen — waren Kurzschwerter, und Flammen leckten an seinen Panzerschuppen empor.

Cooler Effekt.

Der Dämon poste ein wenig herum, sodass ich seine Kriegerkollegen hinter ihm ebenfalls gut erkennen konnte. Die sahen aus wie kleinere Versionen des Bosses — sie hatten zwar nur zwei Arme, wirkten aber trotzdem obermies.

Dieser Drecksgott! Und damit meine ich nicht Baal!

Ich sprang nach hinten und trat Samira einmal kräftig in die Seite. Glücklicherweise wachte sie auf, orientierte sich kurz und erkannte sofort die Gefahr. Nach einer wirbelnden Bewegung stand sie neben mir, die Säbel kampfbereit erhoben. Kiso hatte kein Interesse an seiner Beute gezeigt, also hatten die Orks die Waffen einfach auf ihre Brust gelegt.

„Ein Intermezzo. Euer Zutun?" fragte sie, während die Säbel in ihren Händen damit begannen, ihre Muster zu zeichnen. Glücklicherweise taten sie das auch vor mir. Dem Dämonenlord verging das Grinsen und er begann kehlig zu knurren.

„Coole Stimme, Dicker", klang es dann von

rechts. Ein kurzer Blick in diese Richtung zeigte mir Astrid, die ihr Breitschwert schon in der Hand hielt. „Ich spiel' aber auch mit. Baal mag ich nicht so."

Kurzprozessus knurrte sie an. Dann sprang er, doch Samira war schneller. Sie glitt in seinen Weg, die Säbelwand blitzte auf und der Dämonenlord wurde zurückgeschleudert. Gleichzeitig unterlief Astrid den Säbelsturm und stach blitzschnell zu — sogar mehrfach! — bevor sie sich wieder zurückzog. Der Bossmob ging zu Boden, richtete sich sofort wieder auf und brüllte seine Wut in den Himmel, während er aus einigen kleineren Wunden blutete. Dann winkte er seine Krieger an seine Seiten.

Immer dran denken: Ich bin kein Frontkämpfer! Und das ist gut so!

Ich glitt hinter die Damen, die sich bereits mittels Blicken koordinierten.

Der Boss winkte ein weiteres Mal, nachdrücklicher, doch es kam keiner. Kunststück — von meiner Position aus konnte ich gut sehen, wie sich Kiso mit wirbelndem Katana auf die beiden Adds gestürzt hatte. Er band sie sehr effektiv — Kurzprozessus würde diesmal wohl etwas länger brauchen mit seinen Prozessen. Das bemerkte er ebenfalls, als er, etwas verdutzt, einen Blick über die Schulter riskierte. Es gefiel ihm sichtlich nicht, was er dort sah — also deckte er uns erst einmal mit einem saftigen Feuerodem ein.

Ich konnte nicht viel mehr dagegen machen, als meine ‚Runter'-Technik anzuwenden, da ich gerade dabei war, mit fliegenden Fingern Buffs zu verteilen. Diese Aktion lief darauf hinaus, dass ich instant flach auf dem Boden lag, aber wenigstens nicht zum Aschehäufchen verdampft wurde. Glücklicherweise ging die Ork-Casterei ziemlich schnell, und man konnte sie auch liegend herausdrücken, während einem gerade die Kehrseite geröstet wurde. Ich rollte mich also grunzend auf den Rücken und erstickte damit die Flammen. Angebraten zu werden hatte mich gerade — bei gevierteltem Schaden durch die Technik! — 30 % TP gekostet.

Total krass. Samiras Säbel haben die Mädels zwar halbwegs geschützt, doch sie selbst ist jetzt bei 50 % TP und die Vahlen-Schnecke bei knapp zwei Dritteln. Hoffentlich kann der das nicht öfter — das war nicht mal 'ne Bossfähigkeit!

Ich sprang auf die Füße und verteilte Erleichterungen.

Gut, dass ich Manatränke eingepackt habe.

Samiras Säbelmuster veränderte sich, band Astrid mit ein, und die Nordfrau ging an den Mann, ähm Dämon, heran. Ich konnte ihr Schwert gar nicht mehr erkennen, während es hackte, schlitzte, stach und schnitt — nur des Lords Klauen, die sie dabei zu zerfetzen versuchten, vermochte ich zu sehen. Diese blieben allerdings sehr oft an Samiras Säbelwand hängen, sodass ich Astrid derzeitig noch gut halten konnte. Die TP des Bosses gingen runter. Gar nicht so langsam taten sie das, denn kurz nachdem Kiso im Hintergrund Add-Dämon Nummer eins geplättet hatte — der

Mann selbst war noch auf fast 80 % TP — erreichten sie die Dreiviertel-Marke des Dämonenlords.

„AUSEINANDERSPRITZEN! JETZT!", sagte ich brüllend an und warf mich nach hinten. Eine Rolle folgte, dann wandte ich erneut ‚Runter' an. Astrid und Samira reagierten, sprangen nach rechts und links, während um den Dämonenlord herum eine Feuerwand aus dem Boden brach. Die versengte sogar den Sand der Arena.

Sand brennt doch gar nicht... Hier aber schon.

Allerdings hatte ich aus dem Bauch heraus recht gehabt, was die erste Bossfähigkeit von Kurzprozessus anging. Dämonen waren bis zu einem gewissen Grad berechenbar — das half immer sehr.

„WIEDER DRAUF! ZÜGIG!"

Auch diesmal reagierten die Mädels, und die vorherige Kampfdynamik setzte sich fort. Hinter der Szene litt der zweite Add-Dämon unter Kisos Dai-Katana. Ich sah wieder zum Lord. Der litt auch.

70 %... 65... 60... wirklich hart ist der nicht. Okay, Astrid macht Monsterschaden mit ihrem Pissschwert... Außerdem brauchen die Mädels meine Ansagen gar nicht — die kämpfen genauso instinktiv wie ich.

„Bei der Zweiten wird er härter, garantiert. Vielleicht auch größer. Ich versuche das zu unterbrechen — macht einfach weiter". schlug ich also vor, während ich drei Schritte zurück trat und mir eine Erleichterung verpasste. Die brachte mich auf fast volle TP — sicher war sicher. Die Kämpferinnen reagierten nicht auf mich, ich ging jedoch davon aus, dass zumindest Samira meinen Spruch gehört haben musste.

55, 54, 53... geht echt schnell... 51... Jetzt!

Ich rannte an, sprang ab, benutzte den leicht gebeugten Rücken der Nordfrau als Trittbrett und schraubte mich in die Höhe. Das tat der Dämonenlord auch — der löste seine zweite Bossfähigkeit aus und wuchs um einen lässigen Meter. Dazu wurde er auch noch anderthalb Mal so breit und fast doppelt so tief als vorher. Derweil flog ich auf ihn zu. Mein Einschlag auf seiner Rübe fand bereits statt, noch bevor er den Wachstumsprozess abgeschlossen hatte. Der Stichler brachte mein Messer zielsicher in sein linkes Auge, Kurzprozessus zischte überrascht, dann schrumpfte er wieder.

Unterbrochen! Praktisch Luft abgelassen! Nix kurzer Prozess!

Ich drückte mich von seiner Schulter ab, entging seinen Zähnen nicht ganz — 40 % TP weg — und kam hinter ihm wieder auf dem Boden auf.

Weg, weg, weg! Hechtsprung-Technik, Manatrank, Erleichterung, Erleichterung. Scheiße, was beißt der hart zu!

Während meiner Flucht erwischte er mich noch einmal mit seinen Klauen für weitere 15 % TP, dann war ich außer Reichweite. Ich rappelte mich auf. Nach einer Erleichterung extra und dem nächsten Manatrank sah ich mich um. Kiso stand plötzlich neben mir und reichte mir ein besticktes

Taschentuch.

„Es befindet sich ein wenig Dämonenblut an Eurem Messer. Das solltet Ihr entfernen, sonst schadet es der Klinge."

Wie, bitte?

Seine Add-Dämonen waren platt, sein vollkommen sauberes Dai-Katana hielt er in der anderen Hand.

„Wie wär's, wenn Ihr mal helft?", schlug ich vor, während ich mir das Tuch schnappte und mein Messer abwischte. Dann warf ich zwei weitere Erleichterungen über die Mädels.

„Noch nicht nötig." Der Mann wirkte fast schon entspannt, obwohl er aufmerksam blieb.

„Wann wird's nötig?" Nächste Erleichterung für Samira, nächster Manatrank.

„Bei der letzten Fähigkeit. Ich kümmere mich darum, Ihr erledigt den Boss."

„Check." Das konnte er haben. So, wie das da vorne aussah, würde Kiso allerdings eher früher als später in Aktion treten müssen.

35 %... 30... Warum zum Teufel macht Astrid so einen Höllenschaden? Das liegt an ihr, dass der so schnell runtergeht... Die hackt härter zu als Penk. Mit 'nem Standartschwert.

Der Lord griff auch hauptsächlich die kleine Nordfrau an, doch Samira schützte sie sehr effektiv.

26, 25 — Auslösung. Bitte schön, Kiso.

„PUFF."

Schon standen neun Dämonen um uns herum. Sie sahen aus wie die Kriegerdämon-Adds von eben, waren allerdings etwas kleiner und keine Elites. Der Samurai verfiel sofort in Aktion. Rasend schnell huschte er von Dämon zu Dämon, schlitzte jeden von ihnen einmal mit seiner Klinge und band so alle neun Gegner an sich. Nach seinem ‚Run' standen sämtliche ‚Bossfähigkeit 3-Adds' um ihn herum und wollten ihn hauen.

Lebensmüde, oder was? Verlässt der sich auf meine Heilung? Ich tu', was ich kann, aber dieser Manatrank bringt mir nur noch halbe Power.

Ich trank und warf die leere Phiole nach hinten. Dann heilte ich, was ich konnte — Kiso bekam hart auf die Fresse. Allerdings bewegte sich der Samurai dabei so, dass er noch zentraler in den Viechern stand.

Und OOM. Das ist jetzt der Viertel-Powertrank — eine Erleichterung noch, und in 20 Sekunden die Nächste. Das war's.

Ich warf auch diese ausgetrunkene Phiole nach hinten, dann musste ich blinzeln. Nicht, weil Astrid dem Lord gerade einen Arm abgetrennt, und ihn somit unter 10 % TP gebracht hatte, sondern weil Kiso vor mir verschwamm. Dabei blitzte sein Dai-Katana auf, das gesamte Schwert leuchtete in güldenem Schein. In einem perfekten Kreis — ich sah die Aktion praktisch in Zeitlupe...

SLOW MOTION! Eine Entität ist der Ansicht, dass du DAS jetzt sehen musst!

... zog er die Klinge exakt auf Halshöhe seiner Gegner durch die Luft. Nur, dass sich die oberen

15 Zentimeter des Schwertes bei seiner vollständigen Drehung nicht mehr in der Luft befanden, sondern die Hälse der Bossfähigkeitsadds berührten. Nach dem Schlag ging Kiso in die Knie, senkte sein Haupt, und neun Dämonenköpfe fielen von ihren Rümpfen.

Wow.

PERFEKTER SCHLAG! Siehe die Macht des einzigen, wahren Drachens (sowie seiner Gesandten) und verneige dich, Sterblicher!

Pustekuchen, ihr Penner. Was ich da grade gesehen habe, war eine ‚Einmal am Tag' oder vielleicht sogar eher eine ‚Einmal in der Woche'-Technik. Trotzdem sehr beeindruckend.

Hinter Kiso röchelte gerade der Boss seine letzten TP-Prozente in den Himmel, nur um dann von Astrid aufgeschlitzt zu werden.

ERFOLG! Du hast kurzen Prozess mit Kurzprozessus und seinen Schergen gemacht! Sein neuer Name ist Langprozessus, da er nun ein Jahr und einen Tag in der Hölle schmoren muss, bis er wiederkehren kann. Du erhältst: 15.000 EP! (60.000 Basis /4 Raid)

Erledigt. Was ist eigentlich mit dem Hauptakt?
Ich sah zum Duellkreis.
War klar.
Beide Kämpfer — also Kiran und Furrn — lagen

rücklings auf dem Boden. Sie hatten beide noch 5 % TP und sahen nach Flatline aus.

Wer hat denn da jetzt gewonnen?

Ein kurzer Gang brachte mich zwischen sie, und mit einigen Fußtritten bekam ich sie auch wieder wach. Zwei kleine Erleichterungen unterstützten mich dabei — schon öffneten die Kollegen die Augen.

„Supa Kampf", sagte der Ork und stand auf. „Nochma?"

„Sicher." Auch Kiran erhob sich. Schon machten sich die Jungs wieder bereit.

„STOP", unterbrach ich.

„Rok?"

„Wat is?"

Meine Miene wurde streng.

Posen 2. Steigern dringend.

„Regeneriert wenigstens vorher. Außerdem ist das hier kein Elitekriegerfreizeitvergnügen, sondern ein ernsthaftes Turnier um eine fette Charakterklasse. Euer Kampf ist gelaufen. Also einigt euch, wer gewonnen hat, damit wir weitermachen können. Danach könnt ihr euch gern so oft hauen, wie ihr wollt, kein Problem. Klar?"

„Wir sind noch lange nicht fertig, Rok. Das war die erste Runde."

„Hatta recht. So 20 oder 30 Durchgängä müssen wir schon machän."

Das meinten die ernst. Nicht mit mir.

„Vergesst das. Wir gucken uns jetzt ganz sicher kein stundenlanges Leuchten an. Die Frage ist:

Wer hat gewonnen, wer kämpft gegen Kiso? Ihr habt zwei Minuten Zeit. Ich warte."

Sie sahen sich an. „In zwäi Minuten schaffen mer noch´n Ründchen oda?", fragte Furrn, während Kiran mich böse anfunkelte. Die schnallten es nicht.

„Leute, ihr seid gleich gut. Das wart ihr schon damals in der Steppe, und ihr seid es immer noch. Wird an ähnlichen Specials liegen, an eurer Skillung, eurem Charakter oder an sonst was — ist mir völlig wurscht. Bis wir das geklärt hätten, wäre leider die gute Cyria hier. Und das Eintreffen der Göttin der Zerstörung will keiner miterleben, denke ich. Also: Bitte, bitte mit Sahne obendrauf: Entscheidet euch."

„Kömmer nich."

„Stimmt."

„Mann, Leute, ey!" Ich sah frustriert in die Runde. Dann kam mir eine Idee. „Bragg?"

„Boss? Krassä Sache, dat mit däm Dämon, übrigäns." Die Orks hatten dem Kampf nur mit großen Augen zugesehen.

„Dankä. Aba sach ma: Wer is der Bessarä von denen?" Ich zeigte auf Kiran und Furrn.

„Boah. Muss ich besprechän."

„Mach ma."

Er ging und sammelte die Security um sich. Nun wurde unter denen wie wild diskutiert. Das würde wohl etwas dauern, aber sicherlich nicht halb so lange, als wenn ich die beiden Vollspacken da vorne die Nummer ausfechten lassen würde. Die grummelten und setzten sich zur Regeneration hin. Da sie nur noch wenige TP hatten, würde das wohl auch eine Weile dauern. Denn mit Heilmagie würde ich ihnen nicht helfen.

Gut, dass ich Heiltränke verboten habe.

Derweil schaute ich mal bei den Mädels und Kiso vorbei. Samira guckte Astrid sehr ungehalten an, als ich neben sie trat und eben noch erhaschen konnte, wie zwei knallrote Stiefel unter dem Schwert der Nordfrau zerfetzt wurden.

„Gibt's 'n Problem?"

„Nope", antwortete die Vahlen. „Sind platt."

„Sie hat soeben die Bossloot zerstört. Dämonengeschmiedete Stiefel — das sind die besten Stiefelitems, die es gibt. Ich bin äußerst ungehalten." Samira legte ihre Hände auf ihre Säbelgriffe. Die schwarzen Augen funkelten.

„Maximal unheilig und so? Was hast du für'n Problem, Turbine?" Nun wurde Astrid unentspannt. Sie drehte ihr Schwert einmal in der Hand und sah Samira auffordernd an.

„Die besten Stiefelitems, die es gibt. Du hast sie zerstört."

„Am Arsch. Hast du nicht inspiziert? Du ziehst die an — du gehst voll übel ab. Das stand sogar drauf."

„Und wenn das meine Absicht war?"

„Dann bist du 'ne echt miese Schlampe, und ich hätte nicht neben dir kämpfen sollen."

Bevor die Sache nun eskalieren konnte, trat ich lieber mal in Aktion. Streit um Loot — in welcher Form auch immer — kannte ich gut. „Wow, wow, Moment, die Damen", rief ich und sprang zwischen die beiden. „Mein Raid, meine Lootansage. Dämonenzeug kommt weg, das ist ganz klar. Wer da nicht mitzieht, geht nach Hause. Geschnallt?" Ich fixierte Samira mit meinem Blick. Astrid nickte bestätigend.

„Ihr seid der Veranstalter." Die Wüstenkriegerin steckte mit einer Verneigung zurück. „Ich beuge mich Eurem Wort."

Die sieht ganz schön erleichtert aus. Fast so, als ob sie eigentlich gar keinen Stress machen wollte... War das gepost? Warum?

„Sehr schön. Ihr habt übrigens euren Kampf gegen Kiso verloren, falls ihr das noch nicht wisst." Ich deutete auf den Samurai, der wieder kniete und meditierte.

„Ich habe die erhobene Kriegerin errungen. Damit muss ich mich wohl zufriedengeben." Das tat sie nicht gern, wie ich in ihren Augen zu erkennen meinte.

„Okay", sagte ich. „Dann warten wir jetzt auf die Jury, danach geht's weiter." Ich deutete auf die Orks.

Samira schüttelte jedoch den Kopf. „Ich habe hier keine Geschäfte mehr, also gehabt euch wohl. Solltet ihr Euch in Zukunft einmal in der Region der roten Wüste befinden, so biete ich Euch gern Gastfreundschaft an."

„Check. Gute Heimreise."

Sie blinzelte mir zu, dann teleportierte sie weg.

finalä!

„HÄY, JUNGS! WERDÄT MAL FÄRTIG!"

Reagiert keiner. War klar.

Astrid und ich standen mittlerweile schon mit dem übernächsten Bier in den Händen am Rand des Duellplatzes. Gerade sahen wir unseren Orks dabei zu, wie sie gruppenkuschelten. Okay, sie kuschelten nicht nur, sie kloppten sich auch, und eine Menge Gegrunze schallte herüber. Ich warf zwischendurch mal einen Blick auf unsere Kontrahenten, die nach wie vor in der Arena auf ihren Hintern saßen. Vollständig ohne ‚medizinische Hilfe' war natürliche Regeneration für einen Level 50 Tank/Fighter ein langwieriges Geschäft, so langsam erreichten die beiden jedoch die 80 % Marke ihrer TP.

„Wehe, ihr kämpft, wenn ihr voll seid!", rief ich ihnen zu, doch Furrn schüttelte den Kopf.

„Wänn die Penna nich färtig wärden, sitz' ich

hier sicharlich nich einfach so rum."

„Gute fünf Minuten haben sie noch", sagte Kiran. Mein Kumpel wollte ebenso gern weiterkämpfen wie der Ork — er hatte nur glücklicherweise auf dem Schirm, dass wir 20 oder 30 Durchgänge zeitlich niemals schaffen würden. Trotzdem würde er jede Gelegenheit wahrnehmen, um sich erneut mit Furrn duellieren zu können, das war mir klar. Beide wollten wissen, wer denn nun wirklich der Bessere von ihnen war.

„Macht mal keinen Stress Jungs. Lad' lieber Furrn bei Gelegenheit nach Bregant ein, Kiran. Da könnt ihr die Nummer tagelang durchziehen und keiner stört sich dran."

„Die Idee ist nicht schlecht. Haste Bock, Furrn?" Mein Kumpel sah zum Ork, der sich am Kopf kratzte. „Wat is Bregant?"

„Unsere Festung. Gute 300 Kilometer westlich hinter Knetsch."

„Ah. Jo, kömmer machän. So im Härbst oda Winta. Aba Kämpfen tun wa trotzdem, wänn die Jungs nich bald ma mit wat rübakommän!"

Ich zuckte die Schultern und winkte ab.

Ein Kampf mehr macht den Kohl wohl nicht fett, auch wenn ich keinen Bock darauf habe, hier ewig abzuhängen. Ich muss aber zehn oder noch mehr Durchgänge verhindern, sonst klopft uns in ein paar Stunden die gute Cyria hart auf die Schultern, und wir schaffen das Finale nicht mehr.

„BRAGG! WAS GÄHT?"

Ich sah eine winkelnde Orkpranke, was wohl „Moment noch" bedeutete. Dann prügelten sie sich weiter. Also seufzte ich und trank Bier.

„Du bist echt ein Thane?", fragte Astrid derweil von links. „Kann ich kaum glauben — es hört ja keiner auf dich." Sie grinste.

„Ich bin Gildenvorsteher, wie schon erwähnt. Der Job hat echt nicht so viel mit dem eurer Thane zu tun, Astrid."

Zumindest nicht vom Arbeitsstil her.

„Kannst es trotzdem nicht." Sie hielt biertechnisch gut mit mir mit.

„Eure Thane sind meist fette Typen, die dick was gerissen haben, wenn ich das richtig verstehe. Der Titel geht bei euch schon mehr in die Richtung des ‚Boss-Prinzips', wie es die Orks praktizieren. Gildenvorsteher zu sein, ist eher Politik. Klar macht man da auch mal Ansagen, doch die Leute einfach so lange anzubrüllen, bis sie kuschen, läuft nicht."

Astrid schnaubte. „Politik ist Müll. Da, wo ich herkomme, nennt man das Ampel. Die machen nur Mist."

WIE BITTE?

„Wo kommst du denn her, Astrid?" Nun hatte sie meine vollständige Aufmerksamkeit.

„Kennst du nicht. Ist ein Dorf namens Warendorf, in einem Land namens NRW."

Ganz genau.

„Ah. Doch, kenne ich. Bielefeld liegt schließlich auch in NRW."

Sie prustete Bier in Richtung der Arena und wandte sich dann zu mir um. „Woher zum Teufel kennst du Bielefeld?"

„Ich hab' da studiert."

„Okay..." Das war das erste Mal, dass die Nordfrau fassungslos auf mich wirkte. „Das ist also gar kein cooler Traum hier?" Sie sah sich um. und ihr Gesichtsausdruck verlor die Belustigung.

„Nope. Du liegst im Koma im Bethel-Krankenhaus in Bielefeld. Zumindest, falls meine Theorie stimmt. Kiran ist auch einer von uns. Was mich aber sehr wundert, ist, warum du sauber mit dem Heimport nach Hause gekommen bist, während wir vor der Instanz hängengeblieben sind."

„Ich hab'n Deal mit Durax. Der hat mich rausgeholt, so stand's jedenfalls im Prompt. Gibt's noch mehr von uns?"

„Die gesamte Intensivstation des Krankenhauses, schätze ich. Überall in dieser Welt verteilt. Aber wie hast du es geschafft, mit 'nem Gott zu dealen?" Das war eine sehr gute Frage, fand ich, auch wenn sie für meine eigenen Pläne nicht mehr wirklich relevant war. Konnte trotzdem nicht schaden, es zu wissen.

„Ganz am Anfang, bei der Charaktererschaffung, konnte ich für 10 Talentpunkte das ‚Triff einen Gott'-Feature auswählen. Fand ich saucool, hab' ich also gemacht. Man darf nur nicht magisch begabt sein, wenn man das wählen will, aber Magier spielen ist eh doof." Nun lächelte sie wieder. Die Dame schien eine echte Frohnatur zu sein.

„Ah. Ich hab' mich grad' schon gewundert, warum ich das nicht nehmen konnte. Die magische Begabung war das Erste, was ich ausgewählt habe, noch bevor ich mir überhaupt alles angeguckt hatte. Das erklärt's dann. Du hast also Durax getroffen. Wie ist der so?"

„Ist ein dicker Zwerg. Ich hab' Dreherin gelernt, Metall find' ich total gut — das hat er gemocht. Der hat mich behandelt wie 'ne alte Kumpeline. Hat mir das Schwert hier geschmiedet und gesagt, er hätte ein Auge auf mich." Sie klopfte auf das Breitschwert an ihrer Hüfte.

„Ein Gott hat dein Schwert angefertigt?" Ich blinzelte ungläubig.

„Jupp." Sie lächelte breiter.

Okay. Nu isses klar, warum sie den Dämonenlord einfach so zerlegt hat.

„Sehr cool. Respekt. Aber du hast sonst echt noch niemanden von drüben getroffen? Ich kenne über 'n halbes Dutzend Leute von da. Sogar 'n ehemaligen Chefarzt. Wie lange bist du denn schon hier und was ist vorher mit dir passiert?"

„Viel passiert sein kann nicht. Ich bin 75 und bettlägerig. Kann aber sein, dass ich ins Krankenhaus eingeliefert wurde — die Ärzte sagten immer, dass es nicht so gut aussieht. Hier bin ich jetzt ein gutes halbes Jahr."

„Für 75 hast du 'ne ganz schön schnoddrige Sprache drauf, wie meine Freundin jetzt sagen würde."

„Ich hab' die 68er mitgemacht, junger Mann. Außerdem acht Enkelkinder."

„Alles klar." *Bewegtes Leben.* „Und was hast du jetzt vor?" Das interessierte mich wirklich.

Immerhin hatte ich gerade ihre Welt gedreht — wenn auch nur die eingebildete.

Sie zuckte jedoch nur die Schultern. „Keine Ahnung. Die Info, das das hier kein Traum ist, muss ich erst mal verarbeiten. Aber guck mal — ich glaub' die Orks sind fertig." Sie zeigte auf den beigen Haufen, der langsam zur Ruhe kam.

Sehr schön. Die beiden Jungs im Duellkreis sind fast hoch gereggt. Mal schauen, ob wir uns die Fortsetzung doch sparen können.

„BRAGG! RÄD' MIT MIA!"

„MOMÄNT, BOSS!"

Er plättete nebenbei eine Nase, setzte dann seine Ellenbogen höchst effektiv gegen die beiden anderen Orks ein, die noch an ihm hingen und stapfte anschließend zu uns rüber. „Knappä Äntschaidung", grunzte er.

Da hatte er wohl recht. Über die Hälfte unserer Security war vorläufig arbeitsunfähig.

Krankschreiben könnt ihr vergessen, Kollegen. Auf dem Rücken liegend reggen reicht.

„Sag an, Bragg."

Auch Astrid guckte neugierig, und die beiden Kämpfer erhoben sich.

„Ist Kiran." Bragg zeigte auf meinen Kumpel, und Furrn fuhr sofort hoch.

Mit drei schnellen Schritten war er bei uns und hätte sich Bragg am Rüstungskragen geschnappt, wenn ich nicht dazwischen gesprungen wäre. Mich funkelte er nur an. „Warum dat? Ich bin größa und stärka. Meinä Waffän sind fätta. Ich seh' bessa aus."

„Bragg?" Ich sah über die Schulter.

„Jo hastä rächt, Boss", entgegnete der Tankork. „Aba Kiran hat diesä coolä rotä Leuchtklingä. Die sieht voll gut aus, wänn är die schwingt. Dat hat dän Ausschlag gegebän."

„Ihr dummän Penna!" Furrns Blick ging zu dem ehemaligen Champion. „Wo bekomm' ich son Ding här? In Spelta-Größä?"

„Keine Ahnung, Mann. Bei mir war's ein knallharter Boss", erklärte Kiran. „Ich helf' dir aber gern, wenn du eine findest und nicht rankommen solltest."

„Deal." Der große Ork warf Bragg noch einen angepissten Blick zu und stapfte dann zu seinem Sessel.

Ich sah ihm einen Moment lang hinterher. „Bragg? Geklärt?" fragte ich dabei halblaut nach hinten, ohne mich umzudrehen.

„Jo, Boss."

„Super." Ich wandte mich der Menge zu. „Gewinner des zweiten Kampfes der zweiten Runde: Kiran der Unglaubliche!"

Der Applaus blieb eher verhalten, da gut 50 Orks gerade nicht klatschen konnten.

Kiso jedoch erhob sich aus der knieenden Position, in der er die gesamte Zeit seit dem Dämonenkampf verharrt hatte. Dann sah er mich an. „Ich ziehe mich zurück. Der Unglaubliche ist ein spezialisierter Duellist –, darüber hinaus ein exzellenter Kämpfer. Einen Kampf Mann gegen Mann würde ich verlieren." Er drehte sich in Kirans Richtung und verbeugte sich SEHR tief.

„Wahrer Krieger.“

„Moment!“, rief mein Kumpel. Kiso richtete sich wieder auf, und Kiran trat ein paar Schritte auf ihn zu. „Ich bin der Ansicht, dass ihr den Titel verdient habt, Herr Hisayoshi. Egal, ob ich euch schlagen kann oder nicht. Euer gesamtes Wesen ist auf den Weg des Kriegers ausgelegt, wenn ich das richtig sehe. Ich hingegen will nur der beste Kämpfer der Welt werden. Die Klasse steht mir nicht zu.“ Auch Kiran verneigte sich nun, und ich konnte das erste Mal eine emotionale Regung in Kisos Gesicht wahrnehmen.

Sein: „Das kann ich annehmen!“ mischte sich mit meinem: „Kiran? Beknackt, oder was?“

„Nein, Rok“, entgegnete der. „Ich bin ITler und wirklich gut mit Strukturen. Ich habe die Struktur der Kämpfe in dieser Welt verstanden, das ist einer der Gründe, warum ich unglaublich bin. Aber Kiso lebt das Kriegerdasein. Er IST es. Der wahre Krieger steht ihm zu.“ Dann, an den Samurai gewandt: „Ich werde mich im Zweifelsfall mit Euch darum duellieren, damit Ihr meine Gabe annehmt. Wenn ich Euch schlagen kann, ist das Ergebnis klar — Ihr müsst sie nehmen.“

Nun sah Kiso ihn sehr ernst an. „Wahrheiten sind selten. Doch noch seltener sind Personen, die sie zu erkennen vermögen. Die Fülle Eurer Weisheit übersteigt das Maß eurer Kampfeskunst um Längen. Ich werde mich beugen. Und wir werden uns erinnern.“ Er verneigte sich ein weiteres Mal. Noch tiefer. Dann verschwand er.

Duncan verpuffte ebenfalls — im Sitzen, nach

wie vor Flatline — sodass nur noch Astrid, Kiran sowie Furrn samt Horde anwesend waren. Und ich natürlich.

GROSSARTIG! Worguns Ersatzturnier wurde erfolgreich beendet! Es gibt einen weiteren Wahren Krieger auf der Welt! Sobald du geputzt hast, bekommst du deine EP und der Umhang des Eventmanagers wird in die Fetzen zerfallen, aus denen er besteht! Gute Arbeit, Jungchen!

Danke schön.

ACHTUNG! Die variable Belohnung wird in 10 Sekunden ausgezahlt!

Hä?

Auch Kiran schien diesen Prompt erhalten zu haben, und sogar Astrid sah sich um. „Was meinen die? Und warum bin ich nicht in Vahlhem?"

„Keinen Plan." Ich aktivierte meine Wahrnehmungsfähigkeiten, konnte auf den ersten Blick jedoch nichts erkennen.

Doch da. Kleiner, weißer Punkt, direkt hinter Kiran. Wird größer.

„Kiran, hinter dir!"

Er wirbelte herum. Daraufhin riss die weiße Stelle auf, wurde zu einem zwei mal zwei Meter großen Portal und ich konnte auf der anderen Seite eine Krankenhausszene ausmachen. Ein fetter Typ lag auf einen Intensivbett, und ein halbes Dutzend anderer Typen in Weiß werkelten um ihn herum. Ich konnte sogar verstehen, was sie sagten.

„Herzfrequenz konstant."

„Neuralfunktionen stabil."

„Lunge arbeitet."

„Alles bereit?" Einer der Typen sah sich um, und sein Team bestätigte. „Sehr gut. Ich hole ihn JETZT." Dann verpasste er Mr. 140 KG vor ihm eine Spritze. Sofort schälten sich zwei dicke weiße Tentakel aus der Umrandung des Portals und wickelten sich um Kiran. Dann zogen sie ihn Richtung der Öffnung.

„NEIN!" Der ehemalige Champion wehrte sich, doch er konnte dem Zug offensichtlich nicht widerstehen. „ROK! TU WAS!"

Du bist gut, ey...

Ich sprang nach vorn und schnappte mir seinen linken Arm. „Astrid!" Sogleich hängte sich die Nordfrau an den rechten.

„BRAGG!", setzte ich nach, und auch der Ork reagierte. Schon hechtete er vor und klammerte sich an Kirans linkes Bein. Doch der Zug war zu stark. Wir wurden langsam gen Portal gezogen, unsere Fersen hinterließen Spuren im Sand der Arena. Mein „HILFE!" wurde übertönt von Braggs: „ALLÄ DRUFF! DÄR BLEIBT DA!"

Ich konnte kaum nachgreifen, da flog schon der erste Ork an mir vorbei. Er krachte in Kirans Seite und umklammerte den Mann. Weitere folgten. Es waren noch etwa 30 Securitys einsatzbereit, und die Kollegen nahmen ihren Job sehr ernst. Fünf Sekunden später lagen wir footballartig unter einem Riesenhaufen Orks begraben und es bewegte sich gar nichts mehr. Ich schob ein beiges Bein zur Seite und sah zum Portal. Dort schauten einige weißgekleidete Leute auf die Anzeigen von verschiedenen technischen Geräten, die um das Bett des dicken Typen herum aufgestellt waren.

Der vermutliche Oberarzt setzte eine weitere Spritze. „Er sollte aufwachen", wunderte sich der Mann. „Mehr kann ich nicht geben."

Alle warteten und beobachteten weiter die Geräte.

„Sämtliche Werte sind normal", berichtete eine weibliche Stimme neben ihm. „Warum wird er nicht wach?"

Offenbar waren die weißgekleideten Herrschaften unter ihren Mundschützen nun etwas ratlos. Eine von ihnen hängte zwei Röntgenbilder an eine beleuchtete Stellwand neben dem Bett.

Der Teamchef schenkte ihnen einen oberflächlichen Blick. Dann sah er genauer hin. „Sie haben sich vertan, Monica. Das können nicht seine Aufnahmen sein."

„Doch, doch", beharrte die Frau. „Das sind die neuen Bilder. Die Wirbelsäule ist wieder zusammengewachsen."

„Das ist unmöglich!"

„Das hat der Röntgenarzt auch gesagt. Nichtsdestotrotz sprechen die Bilder eine klare Sprache. Der Patient ist nicht nur stabil genug, um geweckt zu werden — er ist vollständig geheilt. Doch warum wacht er nicht auf?"

Nun sahen sich alle ratlos an, während die Geräte im Hintergrund leise piepten. Dann schloss sich das Portal mit einem Zischen, und der Zug endete.

Nachbereitung

„JUNGS, DAS RAICHT NICHT, WENN IHR DAS GESCHMIERE AN DEN WÄNDÄN EINFACH ZU 'NER BRAUNEN MASSÄ VERWISCHT! DAS MUSS DA RUNTA!"

Wenn man Orkisch sprach, konnte man deutlich lauter brüllen als auf Allgemein. ‚Meine' Abteilung der ehemaligen Security — jetzt des Putztrupps — stöhnte und sparte nicht an Beleidigungen für den BDA. Doch sie begannen, das braun/grau/grüne Gesiffe von den darunter liegenden, blütenweiß schimmernden Marmorwänden der Arena zu kratzen.

Wir hatten die rund 100 Orks in vier Trupps aufgeteilt. Ich führte die ‚Staincleena', Kiran die ‚Logänräuma', Bragg die ‚Sandsammla' und Furnn den Rest. Wir hatten einen großen Raum mit Putzutensilien und -mitteln gleich neben dem Eingang zur Loge gefunden. Ich war mir sicher, dass der noch nicht dort gewesen war, als wir dieser Räumlichkeit unseren ersten Besuch abgestattet hatten. Sobald wir den Kram verteilt hatten, hatten sich unsere Orks zwar ins Zeug gelegt — doch sie hatten ihre eigenen Vorstellungen von Ästhetik. Also hatten wir derzeitigen ‚Putzbosse' ziemlich viel zu brüllen. Langsam wurde ich heiser.

Noch gute zwei Stunden Zeit, wenn ich mich nicht täusche. Das packen wir.

Am ehemaligen Duellplatz, um den herum die Sammla bereits alle Flaschen eingesammelt hatten, hatte sich Astrid auf Kirans Knochensessel niedergelassen. Da mein Trupp gerade spurte, ging ich zu ihr, denn die Dame sah nachdenklich aus. Die Beendigung der Turnier-Quest hatte sie nicht nur nicht automatisch zurück an ihren Herkunftsort gebracht — so wie wohl bei Duncan und vermutlich auch bei Kiso. Nein, auch der Rückteleportationsbutton, der laut Kiran und ihr in der Hauptquest-Beschreibung zu finden war, funktionierte für sie nicht. Sie hatte ihn mehrfach ausprobiert. Dann hatte sie sich geweigert, beim Putzen zu helfen, sich noch ein Bier geben lassen und war zum Sessel gegangen.

„Vielleicht musst du mitputzen, damit es klappt, Astrid", grüßte ich sie freundlich, als ich sah, wie sie ihr Bier austrank.

Doch sie schüttelte den Kopf. „Für so was hat man Enkel. Oder euch. Aber gib' mal noch eins." Der Humpen wurde mir entgegengestreckt.

Ich schenkte ein. „Machst du dir Sorgen, dass

du hier hängenbleibst?"

Sie trank. „Eigentlich nicht", antwortete sie nach dem ersten Schluck. „Das wird Durax sein, der in meinem Port rumpfuscht. Warum der das auch immer tut. Ich habe aber so gar keine Lust dazu, Cyria zu treffen. Die ist doof."

„Da sind wir schon zu zweit. Oder auch zu Einhundertsechs." Ich warf einen Blick über die putzenden Beigelinge um uns herum. Sah alles gut aus.

„Vielleicht soll ich auch mit zu euch. Gibt's irgendwas Interessantes für den Gott der Arbeit in eurem Dorf?"

Ich lachte. „Dorf ist gut, Astrid. Wir haben 'ne Festung. Wenn die auch noch zu einem großen Teil 'ne ziemliche Ruine ist. Unsere Wohnburg ist allerdings gerade fertig renoviert worden, und die Arbeiter sind Zwerge samt Durax-Priesterin. Außerdem haben wir eine Schmiede, die diesem Gott geweiht ist."

„Mmh, das könnte... Moment, Prompt." Ihr Blick wurde abwesend. Eine gute Minute später fokussierte er sich wieder. „Wow." Astrid trank einen Schluck.

„Wow, was?" Ich tat es ihr gleich. Selbstverständlich hatte ich beim ‚Vorarbeiten' immer einen gut gefüllten Humpen in der Hand.

„Wow, Questprompt. Göttlich. Sieht ganz schön einfach aus."

„Teil' mal. Ich lehn' ab, wenn du sie allein machen willst und es keine Strafen dafür gibt."

Sie schien es daraufhin zu versuchen, bei mir

passierte jedoch gar nichts. „Geht nicht. Ist persönlich."

„Magste erzählen?"

„Klar. Ich soll eure Schmiede besuchen und den dortigen Chefschmied nach Yaxardul begleiten — was immer das auch ist. Dort gibt es einen fetten Hammer, den soll er abgreifen, und mir damit meine Klinge upgraden. Wie gesagt, klingt einfach und hat keine Zeitbeschränkung. Ich porte wohl mit euch mit. Wenn ich ablehne, zuckt Durax mit den Schultern, und ich lande instant in Vahlhem. So steht's da."

Ich verschluckte mich fast und hustete. „Yaxardul ist die ehemalige Hauptstadt der Ancient. Ein Monsterspot allererster Güte. Unser Chefschmied ist mein bester Freund, und er wird Feuer und Flamme für deine Idee sein. Allerdings ist unsere Gilde noch nicht einmal im Ansatz dazu in der Lage, die Nummer durchzuziehen."

Meine Bedenken schienen sie nicht weiter zu stören. „Die Einzelheiten sehen wir dann. Ein netter Raid, eine Kommandoaktion, sonst was — das kriegen wir schon hin. Du musst aber mal nach deinen Orks gucken — die prügeln sich schon wieder."

Ich sah mich suchend um und fand sofort das Problem. „Bis später", sagte ich noch zu Astrid, dann begab mich wieder in Richtung der Arenawand. „NIMM DÄN SCHRUBBA AUS SOPPS FRESSÄ UND PUTZ WAITA, MÄDEL!"

Nach gut anderthalb weiteren Stunden des

„Putzdienstleiter Spiels" hatten wir es dann. Ich stand mittlerweile zusammen mit den anderen in der Loge und war vollständig heiser. Kiran ging es nicht viel besser, doch Furrn und Bragg zeigten die hochgestreckten Daumen. „Fettich, Boss!"

Damit hatten sie wohl recht. Alles um uns herum blitzte und blinkte, die Loge war zurück im Edelstadium und keine Spur von Schmutz zeigte sich mehr an den Wänden und auf den Rängen. Auch der Sand wirkte wie frisch gestreut — hier war ganze Arbeit geleistet worden. Das hatte ich mehrfach geprüft.

Ich nickte also zufrieden. „Sehr schön. Dann seid ihr jetzt entlassen."

„Hä?" Furrn und Bragg guckten sich an. Dann sah der richtige Ork-Boss wieder zu mir. „Wie meinstä jätzt?"

„Ihr könnt zurückteleportieren. Da gibt's son Button in deiner Quest für, Furrn."

Der Blick des Orks wurde glasig. Dann sah er wieder zu mir. „Nö."

„Hä?"

„Nö, Mann. Nix Button. Quäst ist durch, EP gab's aber auch nich'. Voll komisch."

„EP gibt's wahrscheinlich erst, wenn wir hier weg sind", meinte Kiran, der zu uns kam. „Such' mal gründlich, Furrn. Der Button ist links unten, etwas unterhalb der Annahmeleiste. Ist eigentlich nicht zu übersehen."

Der Ork suchte. Dann schüttelte er den Kopf. „Nix."

„Jetzt wird's seltsam" kommentierte ich. „Kiran

hat recht — EP gibt's laut göttlichem Prompt erst, wenn wir fertig sind. Dann geht auch mein derzeitiger Umhang kaputt. Es passiert aber nichts." Ich sah mich um. Nach wie vor war alles blitzesauber — die Arena wirkte wie unberührt.

Wir brauchen dringend Steppenorks in Bregant. Bei uns hat keiner Bock auf Putzen, und die Jungs sind — mit ein wenig Überwachung — großartig.

Das half uns allerdings gerade null weiter.

„Müssen wir wohl noch mal checken gehen", schlug Kiran vor. „Das schaffen wir in einer guten Viertelstunde — vielleicht haben wir irgend 'ne Ecke übersehen."

Dazu grunzten wir zustimmend. Also begann das Gebrüll erneut, und alle machten sich wieder auf die Socken. Keine 20 Minuten später sammelten wir uns erneut auf dem Logenbalkon und waren keinen Schritt weitergekommen.

„Nix." Bragg hob die Schultern.

„Einä Flaschä hinta na Säulä. Das war's." Furrn war ebenfalls ratlos, und Kiran schüttelte den Kopf. Mein Team und ich hatten auch nichts Großartiges mehr gefunden — wir waren supergründlich gewesen. Die Arena war sauber.

„Und jätzt?" Keiner hatte eine Antwort auf Furrns Frage.

Ich wurde langsam etwas unentspannt, denn ich hatte Kiran zwischendurch mal gebeten, nach unserem eigenen Rückkehrbutton zu schauen. Der war grau — funktionierte also nicht. Und in nicht einmal einer halben Stunde würde die Göttin der Zerstörung hier angerauscht kommen.

„Holt Astrid samt Sessel vom Feld und sammelt eure Klamotten ein. Dann quetschen wir uns alle in die Loge — mit Balkon sollte das gerade gehen. Danach sehen wir weiter."

Es geschah wie angesagt — zehn Minuten später hing Astrid hier oben rum und ich stand in einer Orkhorde. Allerdings hatte ich mich und die Führungscrew an der Brüstung platziert, denn ich wollte schon noch was sehen können.

„Immer noch nichts. Der Button ist nach wie vor grau." Langsam begann auch Kiran, sich Sorgen zu machen.

„Vielleicht hättest du die Wahrer-Krieger-Klasse nehmen sollen, als sie vor deiner Nase baumelte. Oder aber mal ein Wort zu dem winzigen Portalerlebnis sagen, dem wir so ganz unerwartet beiwohnen durften", ätzte ich.

Dass Kiran die Klasse nicht genommen hatte, konnte ich nur verstehen, wenn ich jeden Funken Ehre in mir zusammenkratzte und dieses Häuflein dann mittels Pressluft aufpumpte. Ich wollte gar nicht wissen, was der Mann da verschenkt hatte.

Erst reißt der mich für den Kack hier aus unserer Festung. Dann hat er den Hauptpreis schon in der Hand, und plötzlich heißt es: „Nä. Du dicker Samurai da, du hast das mehr verdient als ich." Ich schnall's einfach nicht. Punkt.

Es war natürlich Kirans Entscheidung, aber bitte... *Scheiß auf die ganzen Ehrspielchen — solche Chancen lässt man schlichtweg nicht verstreichen!*

Nicht, dass ich irgendetwas daran hätte ändern

können, selbst wenn ich es gewollt hätte. Kamen wir also zum Portal in Richtung Krankenbett. An diesem Happening hätte ich etwas ändern können. Was dann wohl dazu geführt hätte, dass Kiran sich wieder in seinem realen Körper befunden hätte und vermutlich aus dem Koma erwacht wäre. Da dies etwas war, was er absolut nicht wollte, hatte ich interveniert. Das hatte geklappt — doch nachdem wir uns alle wieder entorkt hatten, hatte der Mann schlicht „Danke" gesagt und war Putzen gegangen. Auch in den nächsten Stunden war er schweigsam geblieben — er wollte das Ereignis nicht besprechen, so benahm er sich jedenfalls. Zumindest bis jetzt, denn nun reagierte er auf mich.

„Was unsere Gildenangehörigen so an Klassen nehmen und was nicht, bestimmen sie selbst", erinnerte er mich. „Das hast du damals in Woxalter sehr klar gemacht, Rok. Also lass das Thema bitte ruhen. Ich war selten so zufrieden mit einer meiner Entscheidungen, wie ich es mit dieser bin. Was das Portal angeht: Wenn du willst, sprechen wir darüber. Aber wir werden es nicht hier tun. Wenn wir wieder zu Hause sind, stehe ich zu deiner Verfügung. Versprochen."

„Immerhin. Bringt uns jetzt aber auch nicht weiter."

„Stimmt." Wir sahen uns ratlos an. Dann wanderten unsere Blicke zu den Orks, die nicht schlauer aus der Wäsche guckten als wir.

„Einfach üba dän Rand hüpfän? Mit gegensäitig festhaltän, dass wir gut fallän?" Bragg dachte praktisch, aber das würde so wohl nicht klappen.

„Astrid", rief ich zu der Nordfrau hinüber, „könnte Durax Portpfusch was damit zu tun haben, dass wir hier festhängen?"

„Kaum. Der pfuscht nicht wirklich, der weiß schon, was er tut." Sie erhob sich und kam zu uns. „Muss an was anderem liegen."

„Mist. Wir haben keine halbe Stunde mehr, denke ich."

„Eher sogar nur noch eine Viertelstunde", schätzte Kiran. Was noch weniger half.

„Was tun wir also?" Die Minuten tickten herunter.

Wir müssen was machen, sonst sind wir gefickt. Also mal wieder der Clausewitz — Kühnheit, immer Kühnheit!

„Gut. Notfallplan." Alle sahen mich an, und ich verfiel in den Befehlsmode. „Wir kommen nicht weg? Dann sind wir jetzt Zuschauer. Alle Orks gehen schnurstracks in die Ränge und suchen sich da einen guten Platz. Packt ruhig euer Picknick aus, das wird Cyria wohl nicht großartig stören. Achtet aber auf eure Abstände zueinander — das muss nach was aussehen. Ihr seid immerhin göttliches Publikum. Furrn, Bragg — seht zu, dass die Jungs und Mädels das gut rüberbringen. Kiran, Astrid — ihr seid Logenwachen, hier vorne auf dem Balkon. In der Mitte von dem Teil sitzt der Boss — also ich — auf Duncans Feldstuhl. Ich hab' ja immer noch den Umhang von Latte an. Der sollte noch irgendwas bringen, auch wenn die Funktion abgelaufen ist.

Wir hoffen dann einfach mal, dass die Göttin nichts gegen Publikum hat und uns nicht nebenbei zerstört. Hopp, hopp, wir haben nicht mehr viel Zeit." Ich gestikulierte wild, und der Haufen bewegte sich.

Orks hörten auf ihre Bosse. Furrn und Bragg waren zwar absolut nicht begeistert, doch sie hatten auch keine andere Idee. Kiran und Astrid gingen einfach auf ihre Positionen. Die beiden hatten geschnallt, dass wir am Arsch waren, und verließen sich auf ihren Raidleader, respektive Yarl. Ich beobachtete ungeduldig, wie sich die beige Horde auf den Rängen verteilte.

Wenigstens das klappt. Die haben aber auch viel zu viel Schiss vor der Göttin, um großartig Scheiß zu machen. 100 Zuschauer, bitte schön, Frau Entität. Bitte aber nicht kaputtmachen, wenn's geht.

ACHTUNG! Lattes Belegungszeit für die Arena der Götter endet in 1 Minute. Alle seine Günstlinge sollten sich schnellstens verpissen!

Der Umhang des Eventmanagers verschwand flugs in meinem Inventar.

PECH GEHABT! Latte hat gerade göttlichen Sex und euch darüber vollkommen vergessen. Seht zu, wie ihr klarkommt, bis er irgendwann mal abgespritzt hat. Danach könnte er sich erinnern, das wird aber dauern!

Fuck.

Ich blieb bei meinem Plan. Was hätte ich auch sonst schon groß tun sollen? Eine knappe Minute später erfüllte dann — wie aus dem Nichts heraus — gleißende Helligkeit mein Blickfeld. Sie wurde durchzuckt von Massen an verschiedenfarbigen Blitzen und ich musste unwillkürlich meinen Blick abwenden. Das half etwas.

„KNIET NIEDER, STERBLICHE!"

Die Worte waren unwiderstehlich. Ein Befehl, dem man folgen musste, kostete es, was es wollte. Ich fiel auf die Knie. Kiran ebenfalls, die Orks konnte ich nicht sehen. Wobei ich mir ziemlich sicher war, dass sie unserem Beispiel gefolgt waren. Nur Astrid hielt sich weiterhin aufrecht. Mit Mühe, wie ich sah: Ihre Finger verkrampften sich um den Griff ihres Schwertes und die Knöchel traten weiß hervor.

„Astrid! Runter!", zischte ich.

Doch sie schüttelte den Kopf. „Cyria ist zum Kotzen, fast noch schlimmer als Baal. Vor so was knie' ich nicht, auch wenn ich riesigen Schiss habe."

„Es ist dein Leben." Ich senkte den Kopf.

„ORKS SIND EINE RASSE, DIE MICH GELEGENTLICH MIT FREUDE ERFÜLLT. GEHT ALSO HIN UND BRINGT ZERSTÖRUNG!"

Ich konnte nach wie vor nicht erkennen, was in

der Arena geschah, doch ich ging davon aus, dass Furrn und seine Leute Glück gehabt hatten. Cyria schien besser drauf zu sein, als es ihr Ruf vermuten ließ.

„NUN ZU EUCH."

Ich spürte, wie sich ein BEWUSSTSEIN näher für uns interessierte.

Astrid fiel nun ebenfalls auf die Knie — langsam und unwillig. Ich schluckte. Hexe krabbelte derweil aus meiner Kapuze und blinzelte in die Helligkeit. Mein Katzentier hatte mal wieder alles verpennt — doch nun, im blödesten Augenblick ever, wurde sie aktiv und wollte etwas zu fressen haben.

„Schlechter Zeitpunkt, Hexe", flüsterte ich.

Doch mein Pet ignorierte mich. Sie sprang auf die Brüstung und maunzte die Helligkeit an. Prompt erschien neben ihr ein Schälchen mit weißer Flüssigkeit darin. Die Katze begann zu schlabbern.

Cyria mag Katzen? Es wird immer stranger.

Mehr konnte ich nicht denken.

„IHR SEID ANDERS. EURE WÜNSCHE SIND DER STOFF, AUS DEM DIE GÖTTER SIND. DOCH EURE HÜLLEN SIND UNWICHTIG. OPFERT MIR, UND OPFERT MIR REICHLICH, AUF DASS ICH EUCH VERSCHONE! ODER ÖFFNET EUREN GEIST, UM MICH EWIG ZU NÄHREN!"

Starker Tobak. Es ist keine nette Göttin, das war aber klar. Außerdem ist sie nicht blöde und ziemlich gierig ist sie auch noch.

„Fick dich, Cyria", murmelte Astrid. Dann nahm sie ihren Helm ab und legte ihn vor sich. Auf meiner anderen Seite entledigte sich Kiran seines Schildes. Den schob er dann ebenfalls nach vorne.

Na, dann. Ist eh' fast durch.

Ich platzierte mein Schwert zwischen den beiden Items.

„AKZEPTIERT."

Dann machte es ‚Puff'.

Home, sweet... Ähm...

DAVONGEKOMMEN! Das war total knapp, Jungchen! Du erhältst nichts dafür, dass du Cyria begegnet bist — du kannst froh sein, dass du noch lebst! Sie hatte wohl einen guten Tag oder mochte die saubere Arena. Für die erfolgreiche Durchführung des Events erhältst du jedoch 100.000 EP! Der Umhang des Eventmanagers wurde im Zuge dessen zerstört!

GRATULATION! Du hast die Quest: Worguns Turnier! erfolgreich abgeschlossen! Du erhältst 50.000 EP!

Okay. Die EP stimmen. Aber wo zum Teufel sind wir?

Es war stockduster. Selbst mit gepimpter Dunkelheitssicht sah ich die Hand vor Augen nicht.

„Das war ein Dreckshelm der klaren Sicht. Und kaum isser weg, steh' ich natürlich irgendwo, wo ich den super brauchen könnte. Cyria suckt wie bescheuert!" Astrids Stimme neben mir klang wenig amüsiert. Auf der anderen Seite legte — jedenfalls den Geräuschen nach zu urteilen — Kiran gerade seinen Ersatzschild an.

„Hat jemand Licht?" fragte er. „Meine Laterne funktioniert nicht."

„Schmeiß' mal die Manawaffenskills an."

„Gute Idee." Schon begannen Kirans Waffen zu leuchten.

Sobald Dunkelheit auch nur im Ansatz übersinnlich war — wie es hier offensichtlich der Fall war — half auch meine Dunkelheitssicht nicht weiter. Egal, wie hart die gepimpt war. Für so etwas brauchte man ‚Schwarzsicht' — das war das nächste Upgrade in der ‚Ich kann im Dunklen sehen'-Line. Damit konnte man dann auch durch richtig harte magische Dunkelheit schauen, aber die herrschte hier gar nicht. Es war einfach nur zappenduster, mit kleinem Extraeffekt. Durch das Leuchten von Kirans Manawaffenskills gab es jedoch eine magische Lichtquelle in diesem — auf den ersten Blick ziemlich großen — Raum, in dem wir uns befanden. Die Hintergrundbeleuchtung gestattete es mir nun, gute 40 Meter weit in die Schwärze zu schauen. Kiran und Astrid brachte das Strahlen des...

Was ist der jetzt eigentlich? Champion passt ja irgendwie nicht mehr...

... was Kiran auch immer jetzt war — *später mal*

inspizieren — nicht ganz so viel, doch sie konnten damit wenigstens ihre Füße sehen und im Notfall auch kämpfen. Ich ließ meinen Blick schweifen.

Keine Wände zu erkennen und die Decke ist gute 30 Meter hoch. Ist eher 'ne Halle als 'n Raum. Und 'ne Menge Schrott liegt auf'm Boden rum. Rüstungsteile und Waffenreste sind das, oder? Aber die sind echt schon ziemlich durch... Uralt vermutlich. Und was ist das da?

Name: Splitter des Herzens von Yaxardul
Klasse: Relikt
Art: Ancient
Level: Frei
Benutzbarkeit: ?
Haltbarkeit: ?
Effekt: ?
Bonus: Regeneriert / ?
Eigenschaften: Einer von 9 Splittern, in die das Herz von Yaxardul zersprungen ist, als Timo draufgehauen hat.

Aha.

Das konnte ich noch denken, dann trat ein porschegroßer Fuß auf den Splitter. Das Aufstampfen erschütterte den gesamten Boden der Halle, wenn es auch nur ein lautes, knirschendes Geräusch verursachte. Da ich ohnehin schon hinstarrte, machte ich beim Möchtegernporsche gleich mal weiter.

Timo. Leibdiener Cyrias. Titan. Ultraboss. Level 226. Zerstörer von Yaxardul.

Args!

„Was war das?" Kiran war sofort auf Alarm, und auch Astrid zog ihr Schwert.

„Timo."

„Wer ist Timo?"

Äh, ja...

Ich schätzte ab, wie groß der Typ sein musste, der gerade seinen — offensichtlich aus Granit bestehenden — Fuß wieder zurückzog.

Porsche mal acht?

„Timo ist der vermutlich gut 25 Meter große Titan da vorne, der gerade einen Splitter des Herzens von Yaxardul zertreten hat", antwortete ich also.

Kiran hustete. „Ernsthaft?"

„Jup. Lasst uns mal leise sein."

In der nächsten Minute sagte keiner was, sondern wir lauschten auf die Geräusche des Titans, die allerdings schnell wieder verklangen.

„Isser weg?", flüsterte Astrid.

„Keine Ahnung. Der ist außerhalb meines Blickfeldes. Wir müssten langsam vor, dann seh' ich ihn vielleicht irgendwann. Ich glaube aber nicht, dass der groß gelaufen ist. Das hätten wir gehört." Ich sprach nicht viel lauter als sie.

„Was ist das für ein Mob?" Auch der Ex-Champion flüsterte, doch ich konnte ein gewisses Interesse heraushören. Das musste ich sofort unterbinden.

„Level 226 Ultraboss."

Er hustete noch einmal. „Alles klar. Wie kommen wir an dem vorbei?"

„Sehr gute Frage, Kollege. Wir können versuchen, links oder rechts ‚ne Wand zu suchen. An der schleichen wir uns dann entlang."

„Klingt gut. Hoffentlich gibt's ‚nen Ausgang. Lasst uns links gehen." Kiran ging langsam vor, wir folgten.

Die Restmetallteile knirschten unter unseren Stiefeln, sodass man nicht wirklich von Schleichen sprechen konnte, als wir uns Schritt für Schritt nach links bewegten. Man konnte kaum vermeiden, auf sie zu treten, sie lagen wirklich überall. Glücklicherweise war das Knirschen nicht besonders laut, und ich konnte auch schon nach nicht einmal 100 Metern Wegstrecke eine Wand ausmachen, auf die wir uns nun zubewegten.

„Wand voraus. Immer weiter."

„Check."

Keine Minute später hatten wir sie erreicht. Ich konnte nichts Genaueres erkennen — Dunkelheitssicht war nach wie vor nicht für Tourismus gedacht –, aber es ging nach links oder rechts.

„Rechts. Dann kommen wir auf die andere Seite des Raums. Was auch immer das bringt."

„Vielleicht hätten wir erst mal nach hinten gehen sollen", schlug Astrid vor.

Ich schnaubte. „Gute Idee. So was demnächst bitte früher sagen. Rechts, Kiran."

Er hörte auf mich.

„T'schuldigung", sagte Astrid. „Läuft im Norden anders. Da würden wir uns jetzt erst mal anpissen, und dann versuchen, den Titan zu killen."

Vahlen...

„Passt schon, Astrid. Bleib einfach hinter mir."

Wir hangelten uns an der Wand entlang. Ich behielt dabei mein 40 Meter Sichtfeld gut im Auge, doch von irgendwelchen Timos war glücklicherweise nichts zu sehen.

„Wenn wir hier in Yaxardul sind", überlegt Kiran während des Gehens laut, „wie zum Teufel sollen wir dann nach oben kommen?"

„Ein Problem nach dem anderen. Wir wechseln jetzt erst mal die Nachbarschaft." Ich hatte eine Öffnung in der Wand ausgemacht, auf die wir uns zubewegten. „Am Torbogen links."

„Check." Kiran hielt sich an meine Anweisung, und schon bogen wir in entgegengesetzter Timo-Richtung aus der Halle ab. Ein kurzer Durchgang führte uns in die nächste Räumlichkeit, doch diese war übersichtlicher.

Nachdem Kiran ein paar Schritte hineingetreten war, konnte ich den Raum schon zur Gänze erfassen — offenbar war es eine kleinere Vorhalle. Zwei weitere Durchgänge fanden sich zur linken und zur rechten Seite, und der Boden war ebenfalls mit allerhand Schrott bedeckt. Ich informierte die anderen, und wir atmeten erst mal durch.

„Knapp?" Kiran sah zum Timo-Eingang.

„Keine Ahnung. Aber da kommt er nicht so

schnell durch." Der Tunnel war maximal acht Meter hoch.

„Er könnte kriechen", mutmaßte Astrid.

Von der Breite her würde das vermutlich sogar reichen, doch ich hatte eine andere Vermutung.

„Könnte er, glaub' ich aber nicht. Ich glaube eher, dass der dafür verantwortlich ist, dass die neun Splitter des Herzens von Yaxardul nicht regenerieren. Das können die nämlich laut Tag."

„Sehr schön", sagte Kiran. „Dann ist er nicht für uns verantwortlich. Mega-krasser Dungeon-Haupt-Boss übrigens. Wo weiter?"

„Links. Und um deine Frage von eben zu beantworten: Wir suchen was zum Porten. Denn falls wir mitten in Yaxardul sind, können wir es knicken, uns hier raus zu hacken." Das erinnerte mich daran, dass ich dank der Feenquest eine Karte dieser Stadt besaß. Ich rief sie auf und betrachtete die ziemlich komplexe Einblendung. „Ja, wir sind in Yaxardul. Und zwar mittendrin. Allerdings ist das direkte Gebiet um uns herum nicht eingezeichnet — alles Schwarz. Gehört vermutlich nicht zur Quest."

„Dann polier' den Glückspilz." Kiran ging wieder vor.

Einen längeren Verbindungstunnel später betraten wir einen weiteren Raum, der so aussah wie der letzte. Wieder hatte er grob 40 Meter im Durchmesser, wieder einen vollgemüllten Boden und auch zwei weitere Ausgänge.

„Links geht's wieder zu Timo, oder?"

„Jep, sehe ich auch so. Geradeaus, bitte."

Vom Gefühl her umrundeten wir nun einen größeren Mittelteil, allerdings fanden wir auf unserem Weg lediglich sechs weitere Räume der ‚Vorraumgröße‘. Dann hatten wir erneut die von uns zuerst betretene kleine Halle erreicht — nun aber durch den gegenüberliegenden Eingang. Die Vorräume waren alle voller Müll, und auch ohne jegliches Mobiliar. Dementsprechend auch ohne Porter. Eines der ‚Zimmer‘ hatte jedoch ein großes, grünes Tor extra, genau auf der Timo-gegenüberliegenden Seite. In dieses begaben wir uns, nachdem wir uns versichert hatten, dass wir uns hier tatsächlich in einer Art ‚Rundlauf‘ um die Bosshalle herum befanden.

„Da geht's raus, jede Wette." Astrid zeigte auf das Tor.

Kiran nickte, und auch ich sah das so. Allerdings sah ich nicht nur das.

„Erstens wirkt das Ding wie im Stein verschmolzen. Zweitens erwartet uns dahinter mit ziemlicher Sicherheit der Ancient-Geisterzerg. Ist keine Option."

„Was jetzt, oh du, mein Raidleader?" Kiran hatte seinen Spruch noch nicht einmal ironisch gemeint, da war ich mir sicher. Auch Astrid guckte fragend.

Klar. Wie immer. Man weiß nicht weiter, und wer wird angeguckt? Penner.

Ich wusste doch auch nicht weiter. Stirnrunzelnd sah ich mich um.

Es ist ein Spiel. Es ist ein Dungeon. Es MUSS eine Möglichkeit geben... Boss killen. Ach, Scheiße.

Keine Option. Dann die harte Tour...

„Wir grinden jetzt."

„Bitte?"

„Was ist grinden?"

Ich sah zu Astrid. „Wie viele Computerspiele hast du schon gespielt? So mit 75?"

„Ich hatte einen C64. Dann hab' ich geheiratet und den weggeworfen."

„Alles klar. Grinden ist harte, kontinuierliche Arbeit. Normalerweise in Form von Mob-Kloppen, hier liegt es allerdings etwas anders."

„Muss das sein? Für Arbeit hat man Enkel."

„Dafür, dass du 'ne Vahlen spielst, bist du ganz schön faul. Und für 'ne Durax-Kumpeline erst recht." Kiran schüttelte den Kopf.

„Hey, mein Vater war Schwede", verteidigte Astrid sich. „Das mit der Vahlen lief ganz automatisch. Außerdem sagt mir der Gott der Arbeit schon, wann ich anpacken soll. Ein gutes Pferd springt nicht höher als es muss." Sie grinste.

„Bleibt beim Thema", ermahnte ich sie. „Und sieh mich für 'nen Moment als Gott der Arbeit. Ich sage dir jetzt an, dass wir uns durch die ganze Scheiße hier durchwühlen, die in den äußeren Hallen auf dem Boden rumliegt. Wir suchen Stofffetzen. Die Ancient haben coole Umhänge, mit denen man porten kann."

„Die Strohhalm-Variante." Kiran seufzte.

„Bessere Idee?"

„Nein. Auf geht's."

Astrid guckte nicht glücklich, begann aber ebenfalls zu suchen.

Gute vier Stunden später waren wir einmal gründlich durch den ganzen Müll gegangen und standen vor einem kleinen Haufen Stofffetzen. Wir hatten auch alle anderen noch halbwegs erkennbaren Ausrüstungsgegenstände daneben aufgestapelt — dieser Stapel war deutlich höher – , aber bis auf eine recht starke, magische Reststrahlung, die ich in praktisch all unserer Beute ausmachen konnte, waren wir so weit wie vorher. Plus zwei Stapel an Crab.

„Und jetzt? Sieht jemand 'nen Tag?" Kiran stocherte in den Haufen herum. Wir schüttelten die Köpfe. Das Zeug war nicht mal hellgrün, so wie es die Ancient-Sachen sonst waren.

„Soll ich versuchen, den Mist zusammenzunähen? Nähen kann ich ganz gut." Astrid zeigte auf die Fetzen und zückte eine kleine Tasche.

Vermutlich ihr Nähzeug.

Kiran lüpfte eine Augenbraue. „Freiwillig? Das ist auch Arbeit."

„Schon. Aber dann kann ich hier gemütlich an der Wand sitzen und ein bisschen werkeln, während ihr alles noch mal abgeht und durchwühlt, nur um sicher zu sein, dass wir auch nichts vergessen haben. Ich brauch' auch kein Licht, um zu nähen. Das fließt mir aus den Fingern."

„Beste Idee, die wir haben. So machen wir's. Auf, auf." Ich klopfte dem Champion-Irgendwas auf die Schulter, und wir begannen die zweite Runde.

Diesmal kamen wir schneller durch. Schon nach guten zwei Stunden waren wir erneut bei Astrid angelangt und tranken erstmal alle ein Bier. Unsere Stapel hatten sich durch die wiederholte Suche etwas vergrößert, doch interessanteres Zeug als Crab hatten wir auch diesmal nicht gefunden.

„Und wie weit bist du?" Astrids Humpen war halb leer — da konnte man mal fragen.

„Fast fertig. Gebt mir fix das Zeug, das ihr noch gefunden habt, und mach' mir ein bisschen Licht für den letzten Schliff, Kiran."

Mein Kumpel tat ihr den Gefallen. Nun konnte ich beobachten, wie ihre Nadel praktisch flog, als sie die letzten Fetzen befestigte.

Okay. Nähen kann sie besser als meine Oma.

„Fertig." Sie hielt mir den nun großen, leicht an einen Umhang erinnernden Lumpen an.

Ich inspizierte. Nichts.

„Tut's nicht. Dreck."

„Schade." Schon flog das Ding auf unseren Haufen. „Und jetzt?"

„Wartet mal." Kiran huschte zum Müll und fischte den Möchtegernumhang wieder heraus. „Da war grad was."

„Hä?" Ich inspizierte erneut. Nichts. „Was meinst du?"

Mein Kumpel hielt mir das Teil trotzdem wieder vor die Nase. „Eben, als der auf dem Stapel aufgekommen ist, gab es für 'ne Viertelsekunde lang einen Tag, da bin ich mir sicher. Jetzt isser aber wieder weg." Er schüttelte den Umhang.

Ich konnte immer noch nichts erkennen. „Bist du echt sicher?"

„Ja. Helft mal."

Also zupften und zerrten wir nun zu dritt an dem Teil herum. Dabei löste sich der eine oder andere Fetzen, doch die nähte Astrid schnell wieder an. Ein Tag blieb jedoch aus.

„Vielleicht muss der fallen?" Die Nordfrau rieb das spröde Material zwischen den Fingern.

„Könnte sein. Das bringt uns aber gar nichts, man muss den ja tragen, um damit porten zu können." Kiran wirkte leicht frustriert. „Der Tag war da! Ich schwör's!"

„Umhänge können auch über einen Rücken fallen. Probiert das mal bei mir. Vielleicht kann ich den Moment abpassen — ich weiß, wie man mit den Dingern portet. Ihr müsst euch nur festhalten." Ich drehte mich um.

„Jetzt muss es nur auch noch ein Mantel eines Wächters sein, falls das hier wirklich funktioniert", murmelte Kiran.

Abwechselnd warfen er und Astrid mir den ‚Umhang' aus den verschiedensten Winkeln über den Rücken.

„Was soll es sonst sein? Die Truppenmassen hier werden das Herz bewacht haben, oder nicht? Macht mal von rechts."

„Punkt für dich."

Während ihrer Wurfversuche hielten sie immer eine Hand an meinen ausgestreckten Armen, doch die ersten paar Dutzend Male geschah nichts. Astrid musste sogar noch zweimal ausbessern.

Dann, beim 50zigsten, oder auch 60zigsten Versuch, blitzte kurz ein grüner Punkt in meinem Sichtfeld auf.

„Stopp! Da war was!"

„Na also! Welcher Winkel?" Schon schlich sich wieder Elan in Kirans Stimme.

„Von rechts hinten, etwas zur Mitte hin. Aber wartet mal." Ich sah zu unserem Crabhaufen.

Das ist alles alter Ancient-Kram. Klar, der ist voll durch, aber...

„Sammelt vorher mal den Crab ein. Den packen wir in Stapeln in unsere Inventare."

„Warum?"

„Rohstoff. Erzbart küsst uns die Füße, wenn ich mich nicht irre."

„Guter Punkt."

Wir sammelten alles ein, was in unsere Inventare passte. Voll beladen begaben wir uns dann wieder in die ‚Umhangwurf'-Position.

„Okay. Ich konzentriere mich jetzt auf den Auslösungs-Punkt und denke dabei die ganze Zeit an den Drachenbalkon. Mit Glück bleibt er lange genug da, damit ich ihn anwählen und den Port aktivieren kann. Legt los."

Sie warfen erneut. Diesmal dauerte es länger, aber nach gut 80 Versuchen war der Punkt wieder da.

Drachenbalkon, Drachenbalkon, Drach... Mist. Zu kurz.

„Weiterwerfen."

Noch einmal 40 Versuche. Wieder zu kurz. Gute hundert weitere Male später hatte ich es dann aber fast. Das Teleportmenü war schon offen gewesen, ich nur nicht schnell genug.

„Genau so! Noch mal!"

Drachenbalkon, Drachenbalkon, Drachenbalko...

‚PUFF.'

Weltschmerz

„NEEEIIIINNN!"

Wir guckten uns verblüfft um. Der Port schien geklappt zu haben, denn nach vorne konnten wir die ausladende Hofanlage unserer Ruinenfestung bewundern. Auch hatte niemand von uns so laut gebrüllt, sondern es war von hinten gekommen und auch in unseren Köpfen gewesen. Schon streckte Zortis seine weiße, schuhschrankgroße Nase aus der Balkontür.

„Er ist kaputt! Bei der ersten jemals geprägten Goldmünze — ER IST KAPUTT!"

Der kleine Drache — okay, acht Meter Länge war nicht wirklich klein, doch so im Vergleich zu den großen Wyrmern war Zortis ein Winzling mit Wachstumsstörung — zischte auf mich zu, und prompt landete seine Nase vor mir auf dem Boden. Denn dort waren soeben die Fetzen des Umhangs aufgekommen, da der geflickte ‚Mantel eines

Wächters' nach dem Port sofort wieder in seine verschiedenen Bestandteile zerfallen war.

Schade, schade. War aber irgendwie klar. Is' ja immer so.

Zortis heulte fast, als er die Reste beschnüffelte.

Der hat echt 'ne Träne im Auge, der Drache...

„Wie könnt ihr nur?!" Er sah anklagend hoch.

„Pech gehabt, Wyrmchen", kommentierte Astrid. „Wo geht's zur Bar?" Sie dachte praktisch und orientierte sich schon mal in Richtung der Balkontür. Die gute Dame war mir sowieso ziemlich sympathisch.

„Ist unten in der Halle. Aber warte mal." Ich sah Zortis an, der mittlerweile seinen Kopf wieder erhoben hatte und mich mit tieftraurigen Drachenaugen anschniefte. Dann wischte ich mir die Drachenrotze aus dem Gesicht. „Man kann es auch übertreiben, Zortis."

„Übertreiben? ÜBERTREIBEN? Das war der Mantel eines Wächters! Davon gibt es nicht einmal 20 Stück auf der ganzen Welt! Und ihr habt ihn kaputtgemacht! Buhuhuhuhu!!!" Nun tropften große Drachentränen aus beiden Augen.

„Memm' nicht rum, kann man nähen. Krieg' ich gerade allerdings nicht mehr hin. Können wir?" Die Nordfrau betrat das Drachenquartier. „WOW! 'Ne Riesenwanne voller Silber!"

Zortis fuhr herum. „MEINE!" Eis bildete sich um seine Lefzen.

„Schon okay, Kleiner." Sie tätschelte seinen Schwanz und begab sich zum Treppenhaus. „Kommt ihr?"

Kiran folgte der Dame. Ich auch, jedoch tippte ich Zortis noch kurz auf den Hals. „Sammel' die Fetzen ein und verwahr' sie gut" sagte ich, als ich die Aufmerksamkeit des Drächelchens hatte. „Wenn du einen findest, der sie nähen kann, kannst du das Teil verkaufen."

„Echt?"

„Jep. Übliche Bedingungen. Schönen Nachmittag noch." Ich schloss mich endgültig Kiran an, und hinter mir begann der Drache damit, die Umhangreste mit spitzen Krallen von Boden zu klauben.

Astrid war schon am Treppenansatz angekommen und wollte weitergehen, als sie uns folgen sah, ich hielt sie jedoch noch kurz auf.

„Lass mich raten: Besinnungslos saufen?"

„Sicher. Und dann 'nen schicken Kerl suchen." Sie grinste wieder einmal.

„Bin ich dabei — minus Kerl. Ich hab' 'ne Freundin. Wir müssen allerdings vorher noch was besprechen. Richtig Kiran?" Ich sah zum Ex-Champion, der nun zerknirscht guckte.

„Muss wohl." Er lehnte sich an das Treppengeländer.

Wir haben ein Treppengeländer!

Es war offensichtlich sogar stabil genug, um sich daran anzulehnen. Ich verzichtete jedoch darauf und band stattdessen Astrid in das Gespräch ein. „Ihr wisst sicherlich, wovon ich spreche, richtig? Ein klitzekleines Portal, das Kiran kidnappen wollte?"

„So klein war das Portal nicht", stellte die

Nordfrau fest. „Gib' mal noch ein Bier." Ich bediente sie, obwohl sich Erzbarts Krug nun doch dem Ende näherte. ‚Free Refill' gab es wohl nur in der Arena der Götter, denn da war der Krug wie ein Fass ohne Boden gewesen. Es reichte aber noch für zwei Humpen extra, und so hatten auch Kiran und ich recht zügig einen davon in der Hand.

„Nebensächlich. Wichtig ist: Was ist da passiert? Hat jemand 'ne Idee?" Ich war gespannt, was Mrs. 75 Jahre zu sagen hatte. Und auf Kirans Reaktion sowieso. Astrid schien keine Ahnung zu haben, doch der ehemalige Champion war etwas weiter.

„Offenbar bin ich wieder gesund. Also wollten sie mich wecken — und damit aus dem Spiel ziehen. Das dürfte deine Hirntheorie bestätigen, Rok."

Die Nordfrau merkte auf. „Welche Hirntheorie?" Klar — sie kannte meine geniale Erklärung für diese Welt und unser Hiersein ja noch nicht. Ich gab ihr eine Kurzfassung, und sie nickte. „Schlau. Ja, klar, könnte sein. Den Therapieansatz find' ich gut. Vielleicht kann mich das jünger machen." Wieder zeigte sie ihr Grinsen.

Die Dame war nicht nur eine Frohnatur — sie war auch ganz schön hart im Nehmen. Respektive: Sie verfügte über einen sehr offenen Geist. Vor nicht einmal acht Stunden hatte sie noch gedacht, sie befände sich in einem Traum — nun unterhielt sie sich ganz locker mit uns über Gametheorie, als hätte sie ihr Leben lang nichts anderes getan.

Mit dem Alter kommt Gelassenheit. Das sagte Opa immer — stimmt aufs Wort.

„Kirans Erlebnis ist auf jeden Fall ein dicker Punkt in Richtung ‚Pro-Hirngame'", hielt ich fest. „Eine geplante Therapie kann es aber nicht sein. Der Doc war verwundert, als Schwester Monica ihm die Röntgenbilder gezeigt hat. Also nix Verjüngungskur."

„Sag' niemals nie." Die hübsche Mittzwanzigerin zwinkerte mir aufreizend zu.

„Okay, Punkt für dich", gab ich zu. „Wenn du das jetzt noch in die Realität übertragen kannst, so wie Kiran seinen heilen Rücken..." Ich stutzte und wandte mich sogleich an meinen Kumpel. „Womit wir beim nächsten Punkt wären: Erklär' mir, wie deine Wirbelsäule zusammengewachsen ist — also in der Realität, ganz ohne Critheal — dann können wir meinetwegen saufen gehen."

„Keinen blassen Schimmer. Außer, dass es mir hier viel besser geht als da drüben. Vielleicht heilt das."

Astrid schüttelte den Kopf. „Dann wäre ich so was von gesund, Jungs, das glaubt ihr gar nicht. Und mich hat noch keiner geweckt. Muss was anderes sein."

„Korrekt, das passt nicht", stimmte ich zu. „Dann wäre Harvent auch schon längst wieder fit."

„Der hat 'ne Mission", gab Kiran zu bedenken. „Vielleicht passiert es bei ihm erst danach."

„Kann sein. Hilft uns aber alles nicht weiter. Bei dir ist es gerade eben passiert. Warum?"

Das wollte ich wirklich gern herausbekommen.

Das wäre die Rückfahrkarte für alle, die nicht im Spiel bleiben wollten. Und jeder, der vorhatte, drin zu bleiben, würde wissen, was er umgehen musste.

Wie man's auch dreht — das ist die wichtigste Information überhaupt.

„Keine Ahnung, Mann. Ich hab' nicht mal gelevelt." Mein Kumpel zuckte die Schultern.

„Wartet mal", murmelte Astrid daraufhin. Dann sah sie Kiran an. „Hast du nicht oben in der Arena was von: ‚So gut habe ich mich selten mit einer Entscheidung gefühlt' erzählt? Als du dem Samurai die Klasse geschenkt hast?"

„Jo, schon. Ist auch so. Warum?"

„Da hast du auf jeden Fall klar Rückgrat gezeigt. Und prompt wächst dein Rücken zusammen. Könnte miteinander zu tun haben."

„Bisschen weit hergeholt, oder?" Mit zweifelnden Blick trank ich etwas Bier.

Kiran wurde jedoch nachdenklich. „Könnte schon sein. Etwas Derartiges habe ich noch nie in meinem Leben getan. Ich war eher so der König der Doppelmoral, wisst ihr? Hab' immer viel rumgelabert, aber im Job knallhart mit Ellenbogen gearbeitet."

„Echt?" Das verwunderte mich jetzt ein wenig.

„Ja. Ich war nicht so der nette Typ da drüben, Rok. Nett sein in der Wirtschaft funktioniert nicht. Was glaubst du, warum ich hier nicht mehr weg will? Abgesehen von den körperlichen Vorteilen und dem Lebensstil natürlich?"

Es war mir ziemlich egal, warum Kiran hier

bleiben wollte. „Das mit ‚hier ein netter Typ sein‘ kriegst du jedenfalls ganz gut hin", sagte ich also. „Ihr denkt jetzt aber echt, dass diese selbstlose Tat des vollkommen schwachsinnigen Klassenverschenkens dafür gesorgt hat, dass dein Rücken zusammengewachsen ist?" Mein Blick wanderte von einem zur anderen.

„Könnte schon sein, oder?", meinte Astrid.

„Vermutlich nicht nur diese eine Tat", mutmaßte der Ex-Champion. „Aber möglich ist das schon. Zumindest, dass es sozusagen der Schlussstrich war."

„Puh." Ich strich mir durch die Haare. „Was muss ich denn dann machen? Und was Astrid? Harvent könnte mit seiner selbst gewählten Quest weiterkommen, klar, aber was ist mit all den anderen, die wir schon getroffen haben? Gronk, Nirendil und die kleine Mia Berger?"

Ich war mir sehr sicher, dass, wenn die beiden recht hatten, sich die Rückkehrbedingungen individuell unterschiedlich gestalteten. Wenn es nur um Rückgrat gehen würde, wäre Harvent schon vor Monaten geweckt worden.

„Du musst wahrscheinlich Ratten killen", sagte Kiran auf meine Frage hin. „Vielleicht sogar alle Ratten der Welt. Astrid... mmh... Keine Ahnung. Muss sie selbst drauf kommen, denke ich. Genauso wie alle anderen auch. Wir können uns gern mal ein wenig unterhalten, Astrid, vielleicht fällt mir dann was ein. Jetzt habe ich allerdings ein ganz anderes Problem: Was tun wir, wenn die mich das nächste Mal wecken wollen und gerade keine Ork-Security um die Ecke wartet?"

„Gute Frage." Ich runzelte die Stirn.

Astrid ebenfalls, doch sie sah schnell wieder hoch. „Wenn sie das machen, wird es hier bei uns sicherlich mit einem Ereignis zusammenhängen, das mit Rückgrat zu tun hat. Oder, jetzt, da du drüben geheilt bist, vielleicht auch mit erwachen. Wenn dir hier etwas passiert, was damit in Zusammenhang steht, musst du aufpassen. Ein ‚Flatline-Zustand' könnte zum Beispiel kritisch werden. Die nächste tolle Klasse zu verschenken sicherlich auch. Ich glaube aber nicht, dass es dir im Tagesgeschäft ständig über den Weg laufen wird."

„Klingt logisch", sagte ich. Astrid war echt nicht blöde.

Auch Kiran nickte. „Also etwas aufpassen, bis wir Näheres wissen. Dann zum letzten Punkt auf unserer Tages-, oder eher Treppenabsatzordnung: Was erzählen wir den anderen?"

Hier hatte er eine weitere gute Frage angeschnitten. Über das Turnier als solches konnten wir sicherlich die eine oder andere Bemerkung fallen lassen, auch wenn wir den harten göttlichen Einfluss vielleicht etwas herunterspielen sollten. Aber über die Realitätsscheiße sollten wir besser die Klappe halten — außer natürlich den Leuten gegenüber, die es etwas anging.

Ich find' ‚Need to Know' eigentlich überhaupt nicht geil. Aber der gesamten Gilde zu erzählen:

„Hey, die Hälfte eurer Bosse kommt aus einer anderen Dimension und könnte von jetzt auf gleich weg sein", ist auch nicht das Wahre. Dafür muss ich mir echt was ausdenken — ich werde hier nicht mit großartiger Geheimniskrämerei anfangen!

„Wir erzählen verhältnismäßig locker alles, was war — bis auf das Portal", sagte ich also an. „Wir sollten auch nicht zu sehr auf die Götter eingehen, und die gesamte Realitätskacke behandeln wir erst mal intern, vielleicht noch in der Chefgruppe, bis wir wissen, wie unsere jeweiligen ‚Triggerpunkte' aussehen. Falls wir so etwas wirklich haben. Danach sehen wir weiter. Okay?" Ich sah von Kiran zu Astrid, und beide stimmten mir zu.

„Wird das Beste sein, wenn wir offen damit umgehen", schlug der Ex-Champion ergänzend vor. „Im Stil von: ‚Es war so und so, aber es gibt auch ein paar Sachen, die privat sind. Bitte fragt nicht weiter nach.' Damit lügen wir niemanden an, und das schwierige Thema bleibt erst mal unter uns."

„Sehr gute Idee. So machen wir das. Aber wie erklären wir Astrids Anwesenheit?" Mein Blick wanderte zu ihr, doch sie lachte nur.

„Mit der Wahrheit. Ich hab' am Turnier teilgenommen und bin 'ne Kumpeline von Durax. Von dem hab' ich 'ne Quest, die ich mit eurem Chefschmied zusammen klären soll. Ihr habt mich freundlicherweise mitgenommen, als ihr nach Hause geportet seid. Beziehungsweise, nachdem

Cyria uns rausgeworfen hatte. Ganz einfach."

Das klang nicht nur einfach — das war es auch. Dazu vollkommen stressfrei.

„Okay. Dann auf zum Alkohol." Diesmal ging ich vor.

Ende von Buch 6.5

Neue Vorbestellungen!

Urlaub in Pakyrion LitRPG-Serie
von Astrid Wolpers & Steffen Kempf

Awaken Online LitRPG-Serie
von Travis Bagwell

Die Kalandaha Chroniken LitRPG-Serie
von Jens Forwick

Freibeuter LitRPG-Serie
von Igor Knox

Töte oder stirb LitRPG-Serie
von Alex Toxic

Die ideale Welt für den Soziopathen LitRPG-Serie
von Oleg Sapphire

Der Weg des Heilers
Eine fortlaufende Fantasy-Buchreihe
von Oleg Sapphire und Alexey Kovtunov

Der Ehrenkodex des Jägers
Eine fortlaufende Fantasy-Buchreihe
von Oleg Sapphire und Yuri Vinokuroff

Ich werde Imperator sein
Eine fortlaufende Fantasy-Buchreihe
von Yuri Vinokuroff

War Eternal – Krieg in alle Ewigkeit
Ein militärisches LitRPG-Weltraumabenteuer
von Yuri Vinokuroff

Zum Aussterben verdammt
von James D. Prescott

Saga Online LitRPG-Serie
von Olver Mayes

Ein Student will leben LitRPG-Serie
von Boris Romanovsky

Erbe des goldenen Blutes
Eine fortlaufende Fantasy-Buchreihe
von Boris Romanovsky

Survival Quest LitRPG-Serie
von Vasily Mahanenko

Galaktogon LitRPG-Serie
von Vasily Mahanenko

Welt der Verwandelten LitRPG-Serie
von Vasily Mahanenko

Der Alchemist LitRPG-Serie
von Vasily Mahanenko

Clan der Bären LitRPG-Serie
von Vasily Mahanenko

Todgeweiht (Freiherr Walewski: Der Letzte seines Stamms)
LitRPG-Serie
von Vasily Mahanenko

Der dunkle Paladin LitRPG-Serie
Von Vasily Mahanenko

Außenseiter LitRPG-Serie
Von Alexey Osadchuk

Spiegelwelt LitRPG-Serie
von Alexey Osadchuk

Das letzte Leben Progression-Fantasy Serie
von Alexey Osadchuk

Kräutersammler der Finsternis LitRPG-Serie
von Michael Atamanov

Unterwerfung der Wirklichkeit LitRPG-Serie
von Michael Atamanov

Die Allianz der Pechvögel LitRPG-Serie
von Michael Atamanov

Perimeterverteidigung LitRPG-Serie
von Michael Atamanov

Der Weg eines NPCs LitRPG-Serie
von Pavel Kornev

Die Triumphale Elektrizität Steampunk-Serie
von Pavel Kornev

Phantom-Server LitRPG-Serie
von Andrei Livadny

Der Neuro LitRPG-Serie
von Andrei Livadny

Disgardium LitRPG-Serie
von Dan Sugralinov

Nächstes Level LitRPG-Serie
von Dan Sugralinov

Projekt Stellar LitRPG-Serie
von Roman Prokofiev

Der Spieler LitRPG-Serie
von Roman Prokofiev

Der Nullform RealRPG-Serie
von Dem Mikhailov

Der Krähen-Zyklus LitRPG-Serie
von Dem Mikhailov

Herrschaft der Clans — Die Rastlosen LitRPG-Serie
von Dem Mikhailov

Sperrgebiet LitRPG-Serie
von Yuri Ulengov

Im System LitRPG-Serie
von Petr Zhguyov

Die Kampfstrategien der Nadelstich-Enthusiasten
LitRPG-Serie von Alexander Romanov

Aufgetaut (Unfrozen (LitRPG-Serie
von Anton Tekshin

Alpha Rom LitRPG-Serie
von Ros Per

Das Netz der verknüpften Welten LitRPG-Serie
von Dmitry Bilik

Einzelgänger LitRPG-Serie
von Alex Kosh

Der verzauberte Fjord Romantische Fantasy
von Marina Surzhevskaya

Vielen Dank!

Weitere deutsche Übersetzungen unserer LitRPG-Bücher werden schon bald folgen!

Um weitere Bücher dieser Reihe schneller übersetzen zu können, brauchen wir Deine Unterstützung! Bitte schreibe eine Rezension oder empfehle *Die Kalandaha Chroniken* Deinen Freunden, indem Du den Link in sozialen Netzwerken teilst. Je mehr Leute das Buch kaufen, desto schneller sind wir in der Lage, weitere Übersetzungen in Auftrag geben und veröffentlichen zu können.

Bitte vergessen Sie nicht, unseren Newsletter zu abonnieren:
http://eepurl.com/dOTLd1
Sei der Erste, der von neuen LitRPG-Veröffentlichungen erfährt!
Besuche unsere englischsprachen Twitter- und Facebook LitRPG-Seiten und triff dort neue sowie bekannte LitRPG-Autoren:
https://twitter.com/MagicDomeBooks
https://www.facebook.com/groups/LitRPG.books/

Erzähle uns mehr über Dich und Deine Lieblingsbücher, schau Dir die neuesten Bücher an und vernetze Dich mit anderen LitRPG-Fans.

Bis bald!